ようこそ、冒険の国へ！

Welcome to the Adventure World

くもん出版

ようこそ、冒険《ぼうけん》の国《くに》へ！――もくじ

恐竜艇《きょうりゅうてい》の冒険《ぼうけん》　海野十三《うんのじゅうざ》　5
頭蓋骨《ずがいこつ》の秘密《ひみつ》　小酒井不木《こさかいふぼく》　41
トロッコ　芥川龍之介《あくたがわりゅうのすけ》　79
幽霊小家《ゆうれいごや》　押川春浪《おしかわしゅんろう》　95
作品によせて（松本直子）　154

みなさん、ぼくの大計画《だいけいかく》が何《なん》であるかおわかりですかな。

恐竜艇《きょうりゅうてい》の冒険《ぼうけん》

海野十三《うんのじゅうざ》

海野十三《うんのじゅうざ》　一八九七―一九四九

「海野十三《うんのじゅうざ》」のペンネームは、明治《めいじ》三十年生《ねんう》まれを逆《さか》さに読《よ》んだからとも、沖合《おきあ》いに浮《う》かぶ白帆《しらほ》を数《かぞ》えたら十三あったことが、記憶《きおく》に焼《や》きついていたからとも、いわれています。徳島《とくしま》という海《うみ》の美《うつく》しいふるさとをもち、たくさんの海《うみ》を舞台《ぶたい》にした小説《しょうせつ》を書《か》いたことから考《かんが》えると、後者《こうしゃ》の方《ほう》がペンネームの由来《ゆらい》としてはふさわしいといえそうです。海《うみ》の向《む》こうにある世界《せかい》を想像《そうぞう》しながら浜辺《はまべ》にたたずむ、作者《さくしゃ》の姿《すがた》が浮《う》かんできませんか？

二少年《にしょうねん》

みなさん、ジミー君《くん》とサム君《くん》とを、ご紹介《しょうかい》いたします。

この二少年《しょうねん》が、夏休《なつやす》みに、熱帯多島海《ねったいたとうかい》へあそびにいって、そこでやってのけたすばらしい冒険《ぼうけん》は、きっとみなさんの気《き》にいることでしょう。

さあ、その話《はなし》をジミー君《くん》にはじめてもらいましょう。

おっと、みなさん。お忘《わす》れなく、ハンカチをもって、こっちへ集《あつ》まってきてください。なぜって、みなさんはこの話《はなし》を聞《き》いているうちに、手《て》のなかにあつい汗《あせ》をにぎったり、背中《せなか》にねっとりと冷汗《ひやあせ》をにじみださせたりするでしょうからねえ。いや、まだあります。おへそが汗《あせ》をかくこともあるのですよ。

では、ジミー君《くん》。どうぞ……。

多島海《たとうかい》…多《おお》くの島《しま》が点在《てんざい》する海《うみ》。

熱帯多島海《ねったいたとうかい》へ！　夏休《なつやす》みほど、退屈《たいくつ》なものはない。

わが友《とも》サムは、そのことについて、ぼくと同《おな》じ意見《いけん》である。

いよいよ夏休《なつやす》みが、あと五週間《しゅうかん》ののちにせまったときに、サムとぼくは大戦慄《だいせんりつ》をおぼえ、頭《あたま》のかみの毛《け》が一本《ぽん》一本《ぽん》ぴんと直立《ちょくりつ》したほどである。

ぼくたち二人《ふたり》は、おそるべき夏休《なつやす》みの退屈《たいくつ》からのがれるために、どんなことをしていいのか、それについて毎日協議《まいにちきょうぎ》した。

その結果《けっか》、ぼくたちは、ついにすばらしい「考《かんが》え」の尻尾《しっぽ》をつかんだのである。それはいつもの夏休《なつやす》みとはちがい、こんどの夏休《なつやす》みには、思《おも》いきって、さびしいところへ行《い》ってみよう。それには熱帯地方《ねったいちほう》の多島海《たとうかい》がいいだろうということになった。

熱帯地方《ねったいちほう》の多島海《たとうかい》のことは、学校《がっこう》で勉強《べんきょう》して知《し》っていた。やけつく強《つよ》い日光《にっこう》。青《あお》い海《うみ》。白《しろ》い珊瑚《さんご》。赤《あか》い屋根《やね》。緑《みどり》の密林《ジャングル》。七色《なないろ》の魚群《ぎょぐん》。バナナ。パパイヤ。サワサップ。マンゴスチン。海《うみ》ガメ。とかげ。わに。青黒《あおぐろ》い

大戦慄《だいせんりつ》…大《おお》いなる身《み》ぶるい。ここでは恐怖《きょうふ》ではなく期待感《きたいかん》から発《はっ》したもの。

尻尾《しっぽ》をつかんだ…きっかけの一端《いったん》を見《み》つけたという意《い》。

サワサップ…正式名《せいしきめい》ヤマトゲバンレイシ。果実《かじつ》は食用《しょくよう》にされる。

蛇《へび》（こんなものは、あんまり感心《かんしん》しないね）。それからヤシの木《き》。マングローブの木《き》。ゴムの木《き》。それからスコール。マラリヤ。デング熱《ねつ》のバイ菌《きん》。カヌーという丸木舟《まるきぶね》。火山《かざん》。毒矢《どくや》……ああ、いくらでもでてくる。が、このへんでやめておこう。

とにかくすばらしいではないか、熱帯地方《ねったいちほう》の多島海《たとうかい》は！

「よし、行《い》こう」

「それできまった。行《い》こう、行《い》こう」

ぼくもサムも、語《かた》り合《あ》ったり、熱帯地理書《ねったいちりしょ》のページをくったりしているうちに、すっかり熱帯多島海《ねったいたとうかい》のとりこになってしまった。もう明日《あす》にも行《い》きたくなった。

二人《ふたり》とも気《き》が短《みじか》い。夏休《なつやす》みはまだ四週間《しゅうかん》あまりたたないと来《こ》ないのである。

「ああ、夏休《なつやす》みになるまで、ずいぶん日《ひ》があるよ。退屈《たいくつ》だねえ」

マンゴスチン…熱帯地方《ねったいちほう》の常緑高木《じょうりょくこうぼく》（オトギリソウ科《か》）。果実《かじつ》は食用《しょくよう》で美味《びみ》。
マングローブの木《き》…熱帯地方《ねったいちほう》の河川《かせん》の河口付近《かこうふきん》の泥地《どろち》（水中《すいちゅう》）に群生《ぐんせい》する低木《ていぼく》。わが国《くに》でも、奄美《あまみ》から西表島《いりおもてじま》にかけてヒルギ科《か》の群落《ぐんらく》が見《み》られる。

「今年《ことし》は暑《あつ》いから、夏休《なつやす》みを一週間《しゅうかん》早《はや》くしてくれてもよさそうなもんだね」

サムも、ぼくも、好《す》き勝手《かって》なことをいう。

が、出発《しゅっぱつ》の日《ひ》まで、それほど退屈《たいくつ》しないですんだ。というのは、熱帯《ねったい》地方《ちほう》で六十日《にち》をおもしろくあそぶためには、ぼくたちは、いろいろと用意《ようい》をしておかなくてはならない仕事《しごと》があったからだ。

そこでいよいよ夏休《なつやす》みの初日《しょにち》が来《き》て、ぼくたち二人《ふたり》は、飛行艇《ひこうてい》にのりこんで出発《しゅっぱつ》した。はははは、すばらしい冒険旅行《ぼうけんりょこう》の門出《かどで》である。

飛行艇《ひこうてい》は、すばらしいね。「すばらしいね」というのは、ぼくやサムの口《くち》ぐせだと非難《ひなん》する友人《ゆうじん》もあるが、しかしほんとうにすばらしいことばっかりにぶつかるんだから、すばらしいといいあらわすしかないんだ。飛行艇《ひこうてい》が離水《りすい》する前《まえ》に、はげしいいきおいで水上滑走《すいじょうかっそう》をする。そのとき浪《なみ》がおこって、窓《まど》にぶつかる。窓《まど》は浪《なみ》で白《しろ》く洗《あら》われ、外《そと》が見《み》えなくなる。

飛行艇《ひこうてい》…水上飛行機《すいじょうひこうき》の一種《いっしゅ》。機体《きたい》が船《ふね》の形《かたち》をしていて、水《みず》に浮揚《ふよう》できる構造《こうぞう》をもつ。

そして艇《てい》は、もうれつにエンジンをかけているから、ものすごい音《おと》をたてて走《はし》っている。今《いま》にも艇《てい》が破裂《はれつ》しそうだ。と、とつぜん、そのすごい音《おと》がやんで、しずかになる。すると窓《まど》のくもりが取《と》れて、外《そと》の景色《けしき》が見《み》えだす。そのときは飛行艇《ひこうてい》が離水《りすい》したのだ。

ぼくは、飛行艇《ひこうてい》が水上滑走《すいじょうかっそう》をはじめ、それから離水《りすい》するまでが、大好《だいす》きだ。ことに離水《りすい》した瞬間《しゅんかん》のあの快《こころよ》い感《かん》じは、とてもいいあらわすことができない。ほい、しまった。ぼくは熱帯《ねったい》の冒険《ぼうけん》の話《はなし》をするのに、飛行《ひこう》艇《てい》のことばかり語《かた》っていた。話《はなし》を本筋《ほんすじ》へもどす。

その飛行艇《ひこうてい》は、たった二日《ふつか》で、ぼくたちを、注文《ちゅうもん》どおりの熱帯多島海《ねったいたとうかい》へはこんでくれた。そして、ぼくたちは、ギネタという小《ち》さい町《まち》へ入《はい》ったのだ。

ギネタは、人口《じんこう》八千人《せんにん》ばかりの、小都会《しょうとかい》であった。しかし、これでも多島海第一《たとうかいだいいち》の都会《とかい》であった。以前《いぜん》は、このギネタに、多島海総督府《たとうかいそうとくふ》があ

総督府《そうとくふ》…植民地《しょくみんち》の総督《そうとく》(植民地《しょくみんち》の政治《せいじ》や軍事《ぐんじ》を監督《かんとく》する人《ひと》)が、政務《せいむ》をつかさどる役所《やくしょ》のこと。

り、総督《そうとく》がいたそうな。今《いま》はいない。それは、この町《まち》のすぐとなりに火《か》山《ざん》が三《みっ》つもあって、そのどれかが噴火《ふんか》していて、火山灰《かざんばい》をまきちらし、地震《じしん》はあるし、ときどきドカンと大爆発《だいばくはつ》をして火柱《ひばしら》が天《てん》にとどくすさまじさで、こんな不安《ふあん》な土地《とち》には総督府《そうとくふ》はおいておけないというので、ほかへ移《うつ》したんだそうな。

この町《まち》の、世界《せかい》ホテルというのに、ぼくとサムは宿泊《しゅくはく》することになった。名《な》はすごいホテルだが、実物《じつぶつ》はやすぶしんの小屋《こや》をすこし広《ひろ》くしたようなものであった。ただ、縁《えん》の下《した》だけはりっぱであった。人間《にんげん》がたったままではいっても、頭《あたま》がつかえないのである。

縁《えん》の下《した》が、こんなにりっぱにこしらえてあるのは、この地方《ちほう》は暑《あつ》いから、こうしておかないと床《ゆか》の下《した》からむんむんと熱気《ねっき》があがってきて、部《へ》屋《や》のなかにいられないそうな。

だが、サムもぼくも、そんな縁《えん》の下《した》があっても、やっぱり暑《あつ》くて、ホ

やすぶしん…安価《あんか》な費用《ひよう》で家屋《かおく》などを建《た》てること。安普請《やすぶしん》。

テルの部屋《へや》のなかにじっとしていることができなかった。そこで二人《ふたり》して、さっそく町《まち》を見物《けんぶつ》に出《で》た。

町《まち》には、貝《かい》がらだの、珊瑚《さんご》だの、極楽鳥《ごくらくちょう》の標本《ひょうほん》だの、大《おお》きな剥製《はくせい》のトカゲだの、きれいにみがいてあるべっこうガメの甲羅《こうら》などを売《う》っていて、みんなほしくなった。

サムなんか、もう少《すこ》しで、一軒《けん》の土産《みやげ》もの店《てん》を全部《ぜんぶ》買《か》いとってしまうところだった。ぼくはサムを説《と》いて、はじめは見《み》るだけにして、一ぺん全部《ぜんぶ》を見《み》てあるいたあとで、明日《あす》にでもなったら、いちばんほしいものから順番《じゅんばん》に買《か》ってゆくことを承諾《しょうだく》させた。サムは、しぶしぶそれを承諾《しょうだく》したのだ。

ところが、ぼくたちが海岸《かいがん》に出《で》たとき、ぼくは、せっかくサムにいいきかせた掟《おきて》を自分《じぶん》でぶちやぶるようなことになった。それほど、ぼくはすばらしくほしいものを見《み》つけたのである。ぼくだけではない。サムもそれを

極楽鳥《ごくらくちょう》…熱帯《ねったい》地方《ちほう》の樹林《じゅりん》に住《す》むフウチョウ科《か》の鳥《とり》の総称《そうしょう》(約《やく》40種《しゅ》ほど)。雄《おす》は緑《みどり》や黄色《きいろ》などの多色《たしょく》の美《うつく》しい羽飾《はねかざ》りをもち、雌《めす》に集団《しゅうだん》で求愛《きゅうあい》ダンスをすることが知《し》られる。

見《み》、その値段《ねだん》のやすいのを見《み》ると、ぼくより以上《いじょう》に、それを買《か》うことに熱《ねつ》をあげた。そのものは、砂浜《すなはま》にゴロゴロと、いくつもころがっていた。それは小型《こがた》の潜水艇《せんすいてい》であった。二人《ふたり》で操縦《そうじゅう》のできる豆潜《まめせん》なのであった。

売《う》り主《ぬし》の話《はなし》によると、これらの小《ちい》さい潜水艇《せんすいてい》も、前《まえ》にはずいぶんこの方面《ほうめん》で活躍《かつやく》したそうである。ところがこれらの船《ふね》を活躍《かつやく》させた国《くに》は戦争《せんそう》に負《ま》けてしまい、これらの船《ふね》をたくさん置《お》きっ放《ぱな》しにして逃《に》げてしまったという。そこで豆潜《まめせん》は競売《きょうばい》に出《で》たが買《か》い手《て》がないために売《う》れなかった。そして、なんども競売《きょうばい》をくりかえし、なんでも、十何回目《なんかいめ》かに、今《いま》の売《う》り主《ぬし》が一《ひと》たばにして買《か》ったんだそうであるが、それはとほうもなくやすい値段《ねだん》だったそうである。

売《う》り主《ぬし》が、そういうんだから、うそではあるまい。それに、じっさいその豆潜《まめせん》についている値段札《ねだんふだ》を見《み》ると、ほんとにやすいのである。ぼくたちは、模型《もけい》の電気機関車《でんききかんしゃ》とレールと信号機《しんごうき》などの一組《ひとくみ》を買《か》うだけのお

潜水艇《せんすいてい》…水《みず》にもぐることのできる小型《こがた》の艦《ふね》。潜航艇《せんこうてい》に同《おな》じ。

金《かね》で、その豆潜《まめせん》一隻《せき》を買《か》うことができるのだった。ただみたいなものだ。

「ジミー、これを買《か》おうや」

「うん、買《か》おうな」

サムもぼくも、このとき、皿《さら》のように目《め》をむいて、目《め》をくるくる動《うご》かしていたそうだ。ほしいものにぶつかって、うれしさに身体《からだ》がふるえていたんだろう。

買《か》っちゃった！

豆潜水艇《まめせんすいてい》を一隻《せき》。とうとう買《か》ってしまったのだ。

すばらしい計画《けいかく》

ぼくたち二人《ふたり》は、しばらくその豆潜水艇恐竜号《まめせんすいていきょうりゅうごう》（どうです、すばらしい名前《なまえ》ではないか）の運転《うんてん》を習《なら》うために、ギネタ船渠《ドック》会社《がいしゃ》へ通《かよ》った。技士《ぎし》のアミール氏《し》は、元海軍下士官《もとかいぐんかしかん》で潜水艦《せんすいかん》のり八年《ねん》の経歴《けいれき》がある人《ひと》だそうで、ぼくたちに潜水艦《せんすいかん》の操縦《そうじゅう》を教《おし》えるのは上手《じょうず》であった。

「なあに、こんなものの操縦《そうじゅう》なんか、わけはない。自分《じぶん》が人間《にんげん》であることを忘《わす》れて、魚《さかな》になったつもりで泳《およ》ぎまくればいいんだ。ほら、このとおり……」

アミール技士《ぎし》は、潜水艦《せんすいかん》を海面《かいめん》からさっと沈《しず》めたり、また急《いそ》ぎ海面《かいめん》へ浮《う》きあがらせたり、まるで自分《じぶん》が泳《およ》いでいるようにやってみせるのであった。

「ただ、忘《わす》れてならないことは、もぐるときに、上甲板《じょうかんぱん》への昇降口《しょうこうぐち》が閉《し》まっているかどうか、それはかならずたしかめてからにすること。いいかね」

「はいはい。聞《き》いています」

「それから、もぐるときの注意《ちゅうい》としてもう一《ひと》つ。それは上甲板《じょうかんぱん》に水《みず》につ

下士官《かしかん》…士官《しかん》(将校《しょうこう》およびその相当官《そうとうかん》)と兵隊《へいたい》との間《あいだ》に位《くらい》する武官《ぶかん》。
上甲板《じょうかんぱん》…船《ふね》の船首《せんしゅ》から船尾《せんび》までつながっている、メインの甲板《かんぱん》のこと。

かっては困《こま》るものが残《のこ》ってやしないか、それに気《き》をつけること」

「なんですか、水《みず》につかっては困《こま》るものというと……」

「実例《じつれい》をあげると、すぐわかる。たとえば、上甲板《じょうかんぱん》に人間《にんげん》が残《のこ》っている。それを忘《わす》れて、そのまま艇《てい》が海《うみ》のなかにもぐってしまえば、その人間《にんげん》は、たいへん困《こま》るだろう。困《こま》るどころか、溺死《できし》してしまうからね」

「ははーん、なるほど」

「第二《だいに》の例《れい》。上甲板《じょうかんぱん》に、虫《むし》のついた小麦粉《こむぎこ》を陽《ひ》にほしてある。それをなかへ入《い》れるのを忘《わす》れて、その潜水艦《せんすいかん》が海《うみ》のなかへもぐってしまえば、小《こ》麦粉《むぎこ》はもう、永久《えいきゅう》にサヨナラだ」

「ああ、わかりました」

ぼくたちは操縦《そうじゅう》を一生《いっしょう》けんめいに練習《れんしゅう》した。アミール技士《ぎし》は、ぼくたちの熱心《ねっしん》さに対《たい》し、第一等《だいいっとう》のことばでほめた。

ぼくたちが、たいへん熱心《ねっしん》なのには、別《べつ》にわけがあった。それはこの

溺死《できし》…水《みず》におぼれて死《し》ぬこと。

豆潜水艇《まめせんすいてい》を手《て》に入《い》れてからあとで、サムとぼくとが、すばらしい計画《けいかく》を思《おも》いついたからだ。その計画《けいかく》を思《おも》う存分《ぞんぶん》おこなうためには、豆潜《まめせん》の操縦《そうじゅう》がうんと上手《じょうず》になっていた方《ほう》がよいのであった。

みなさん、ぼくの大計画《だいけいかく》が何《なん》であるかおわかりですかな。

もうここでお話《はな》ししてしまいましょう。それはね、ぼくたちは豆潜水艇《まめせんすいてい》を使《つか》って、海《うみ》のなかに恐竜《きょうりゅう》を出《だ》すのである。

恐竜《きょうりゅう》！　知《し》らない人《ひと》はないでしょうね。

数千万年前《すうせんまんねんまえ》に、地球《ちきゅう》の上《うえ》にすんでいたという巨大《きょだい》な爬虫類《はちゅうるい》である恐竜《きょうりゅう》。頭《あたま》の先《さき》から尻尾《しっぽ》まで三十何《なん》メートルもあるというすごい恐竜《きょうりゅう》。いつだったか、ヒマラヤ山脈《さんみゃく》のふもとの村《むら》にあらわれて、人々《ひとびと》をおどろかしたというあの恐竜《きょうりゅう》。トカゲのくびを長《なが》くして、胴中《どうなか》をふくらませたような形《かたち》をして、列車《れっしゃ》の上《うえ》をひょいとまたいでいったという恐竜《きょうりゅう》。それから今《いま》から二十何年前《なんねんまえ》、スコットランドのネス湖《こ》のまん中《なか》あたりで、長《なが》いくびをひょっくり出《だ》していて、土地《とち》の人《ひと》に見《み》つけられたというあの太古《たいこ》の怪獣《かいじゅう》である恐竜《きょうりゅう》！　この恐竜《きょうりゅう》を、ぼくたちは豆潜《まめせん》を使《つか》って海中《かいちゅう》に出《だ》す計画《けいかく》なのだ。

いったいどうして、そんなことができるか、えへん、えへん。それがちゃんとできるのである。サムとぼくとで、とうとう考《かんが》え出《だ》したことなのだ。

その仕掛《しか》けは、みなさんにうちあけると、こうだ。例《れい》の潜水艇《せんすいてい》にはマストがある。このマストに、作《つく》り物《もの》の恐竜《きょうりゅう》の首《くび》をとりつけるのだ。もちろん、海水《かいすい》にぬれても、色《いろ》や形《かたち》がくずれない材料《ざいりょう》でこしらえておく。

こうしておいて、豆潜《まめせん》を海《うみ》の底《そこ》から浮《う》きあがらせたり、また急《きゅう》に沈《しず》ませたりする、するとどうなるだろう、大恐竜《だいきょうりゅう》が海《うみ》のなかから首《くび》を出《だ》したり引《ひ》っこめたりするように見《み》えるだろう。さあそのとき、すぐ前《まえ》に汽船《きせん》が通《とお》っていたらどうだろう。

マスト…帆《ほ》を張《は》るための柱《はしら》のこと。

——うわっ、恐竜《きょうりゅう》が本船《ほんせん》の間近《まぢか》にあらわれた。た、た、たいへんだ！と、そこで汽船《きせん》のなかは上《うえ》を下《した》への大《おお》そうどうとなり、無電《むでん》を打《う》ったりして、〝大恐竜《だいきょうりゅう》が熱帯海《ねったいかい》にあらわる。二十世紀《せいき》の大《だい》ふしぎ〟とて世界《せかい》中《じゅう》に報道《ほうどう》されて大《おお》さわぎになるだろう。

ぼくたちは恐竜《きょうりゅう》の目玉《めだま》のなかにとりつけてある写真機《しゃしんき》で、汽船《きせん》のさわぎをいく枚《まい》もとっておく。そして当分《とうぶん》知《し》らない顔《かお》をしているのだ。そして、夏休《なつやす》みがすんだころ、〝恐竜艇《きょうりゅうてい》の冒険《ぼうけん》〟と題《だい》する例《れい》の写真《しゃしん》を発表《はっぴょう》して、全世界《ぜんせかい》をげらげらと笑《わら》わせてしまおうというのだ。これが正直《しょうじき》なところ、サムとぼくが考《かんが》えた大計画《だいけいかく》の全部《ぜんぶ》だった。

ぼくたちは、この計画《けいかく》に必要《ひつよう》な恐竜《きょうりゅう》の頭部《とうぶ》を設計《せっけい》し、航空便《こうくうびん》で本国《ほんごく》に注文《ちゅうもん》した。ぼくは、そういうものを製作《せいさく》している工場《こうじょう》を前《まえ》から知《し》っていたのだ。その工場《こうじょう》からはすぐ返事《へんじ》が来《き》た。おそくも七日目《なのかめ》には完成《かんせい》して、航空便《こうくうびん》でそちらへ送《おく》ると書《か》いてあった。

写真機《しゃしんき》…写真撮影《しゃしんさつえい》の道具《どうぐ》。カメラ。

サムとぼくは、顔《かお》を見合《みあ》わすと、うれしくなって、その場《ば》におどりだした。

恐竜艇《きょうりゅうてい》のりだす

それから十日《とおか》の後《のち》に、ぼくたちは、恐竜《きょうりゅう》の頭部《とうぶ》の作《つく》り物《もの》の荷物《にもつ》を受《う》け取《と》った。

思《おも》いのほか小《ち》さいものであった。といって一メートル立方《りっぽう》ぐらいの箱《はこ》にはいっていた。ぼくたちは、ホテルの一室《いっしつ》で、扉《とびら》に鍵《かぎ》をかけ、この秘《ひ》密《みつ》の荷物《にもつ》を取《と》り出《だ》した。

すばらしい出来具合《できぐあい》の恐竜《きょうりゅう》の頭部《とうぶ》が出《で》てきた。さすがにあの工場《こうじょう》だ。そしてぼくたちの設計《せっけい》よりもずっとかんたんに便利《べんり》に、優秀《ゆうしゅう》に仕上《しあ》げてあった。

この恐竜《きょうりゅう》の頭部《とうぶ》をつくりあげている材料《ざいりょう》になるものは、目《め》のこまかい鎖網《くさりあみ》であった。その上《うえ》に絹製《きぬせい》の防水布《ぼうすいふ》と思《おも》われるものがかぶせてあり、これが、恐竜《きょうりゅう》の皮膚《ひふ》と同《おな》じ色《いろ》をし、そして上《うえ》の方《ほう》には目《め》もあり口《くち》もあるのだ。たたみこむと、わずか一メートル立方《りっぽう》の箱《はこ》のなかにらくにはいってしまうが、取《と》り出《だ》してふくらますと、すばらしくでかいものになる。

恐竜《きょうりゅう》の目《め》のなかに、写真機《しゃしんき》がとりつけられるようになっていた。そのほか、ぼくの設計《せっけい》にはなかったが、恐竜《きょうりゅう》が首《くび》を上下左右《じょうげさゆう》にふることのできる仕掛《しか》けがついていた。それはあやつり人形《にんぎょう》と同《おな》じような仕掛《しか》けで、何本《なんぼん》かの鎖《くさり》が下《した》にたれていて、それを滑車《かっしゃ》とハンドルのついた巻取車《まきとりぐるま》で巻《ま》いたり、くりだしたりすればいいので、この鎖《くさり》はマストのなかを通《とお》って艇内《ていない》へ入《い》れるようにと注意書《ちゅういが》きがしてあった。

とつぜん扉《とびら》がノックされた。

滑車《かっしゃ》…周囲《しゅうい》にみぞのある円板《えんばん》に、ベルトなどをかけて動《うご》かし、力《ちから》の方向《ほうこう》を変《か》えたり、重《おも》いものを巻《ま》き上《あ》げたりする装置《そうち》。

鍵《かぎ》がかかっているので安心《あんしん》していたら、扉《とびら》はがたんと開《ひら》かれ、ボーイがはいってきた。

「きゃーっ」　ボーイは、ベットのシーツをその場《ば》にほうりだして、逃《に》げていった。

「しまったね。見《み》られちゃったね」

「扉《とびら》の鍵《かぎ》は君《きみ》がかけたんだろう」

「たしかにぼくがかけた。おやおや、これではだめだ。戸《と》がすいているから、鍵《かぎ》をかけても開《あ》くんだもの」

ぼくたちは、大急《おおいそ》ぎでそれを箱《はこ》のなかにしまった。そしてあとでボーイが支配人《しはいにん》をつれて、ぼくの部屋《へや》へおそるおそるやってきたときには、ちゃんと片《かた》づいていた。ぼくたちはボーイが夢《ゆめ》を見《み》ながらこの部屋《へや》へ来《き》て、大怪物《だいかいぶつ》を見《み》たような気《き》がしたのだろうといって、追《お》いかえした。

しかし、こうなると、この荷物《にもつ》をあまり永《なが》くホテルへはおいておけな

ベット…ベッドに同《おな》じ。

い。そこでその夜《よる》、ぼくたちはこの荷物《にもつ》を海岸《かいがん》のギネタ船渠《ドック》の構内《こうない》にあるぼくたちの潜水艇《せんすいてい》のなかへはこびいれた。あいにく月《つき》はない。月《つき》は夜中《よなか》にならないと出《で》ない。

ぼくたちは、その夜《よる》、この豆潜《まめせん》のなかで眠《ねむ》った。

夜明《よあ》けの二時間前《じかんまえ》である午前《ごぜん》三時《じ》に、ぼくたちは起《お》き出《だ》した。片《かた》われ月《づき》が空《そら》にかかっている。その光《ひかり》をたよりにぼくたちは、恐竜《きょうりゅう》の首《くび》をマストにとりつけた。

夜明《よあ》けをあと三十分《ぷん》にひかえて、ぼくたちは恐竜号《きょうりゅうごう》の昇降口《しょうこうぐち》をぴったりと閉《し》め、そしていよいよ出港《しゅっこう》するとすぐ潜航《せんこう》にはいった。ずっと沖合《おきあ》いへ出《で》てから浮上《ふじょう》した。

艇長《ていちょう》と見張番《みはりばん》とを、二人《ふたり》で、かわるがわるすることにした。はじめはサムが艇長《ていちょう》で、ぼくが見張番《みはりばん》をやった。

見張番《みはりばん》は双眼鏡《そうがんきょう》で、水平線《すいへいせん》三百《びゃく》六十度《ど》をぐるっと見《み》まわして、近《ちか》づく

片《かた》われ月《づき》…半月《はんげつ》のこと。上弦《じょうげん》または下弦《かげん》の月《つき》。
潜航《せんこう》…水中《すいちゅう》にもぐって進航《しんこう》すること。

船《ふね》があるかと気《き》をつけるのだ。そのほかに、ときどき空《そら》へも目《め》を向《む》けて、飛行機《ひこうき》に気《き》をつける。飛行機《ひこうき》はおどかすことができまいと思《おも》った。おどかせるのは船《ふね》だけだ。船《ふね》は見《み》えたら、急《いそ》いで潜航《せんこう》するのだ。そして船《ふね》がいよいよこっちへ近《ちか》づいたら、そのときにこっちはぬっと海面《かいめん》へ浮上《ふじょう》する手《て》はずにしてあった。

第一日《だいいちにち》は、たいした相手《あいて》にぶつからなかった。なにしろこのギネタの町《まち》は、そんなに繁盛《はんじょう》している町《まち》ではないから、一日《いちにち》のうちに、入港船《にゅうこうせん》も出港船《しゅっこうせん》も一隻《せき》もないことがめずらしくないのである。だから、港外《こうがい》の沖《おき》合《あ》いに待《ま》っていたが、その日《ひ》はついに獲物《えもの》がこなかったのだ。

「今日《きょう》はだめだったね」

帰《かえ》ってきてから、ぼくはサムにいった。

するとサムは、鞄《かばん》のなかから海図《かいず》を出《だ》してきて、卓上《たくじょう》にひろげながら、

「今日《きょう》のところでは、毎日《まいにち》あぶれるかもしれない。もう三十マイル沖合《おきあい》

海図《かいず》…海《うみ》の深浅《しんせん》や地形《ちけい》、潮流《ちょうりゅう》の方向《ほうこう》などを記《しる》した航海者用《こうかいしゃよう》の地図《ちず》。

あぶれる…仕事《しごと》にありつけない。

いに出《で》ると、主要航路《しゅようこうろ》にぶつかるんだ。つまり、このへんだ。この主要《しゅよう》航路《こうろ》に待《ま》ってりゃ、かなり大《おお》きい汽船《きせん》が通《とお》ると思《おも》うよ。三十マイル往復《おうふく》はちょっと骨《ほね》が折《お》れるけれど、明日《あす》はやってみないか」

「ふーん。やってみよう」というわけで、翌日《よくじつ》はエンジンを全速《ぜんそく》にはたらかせて遠出《とおで》をした。

ぼくもサムも、昨日《きのう》と今日《きょう》の見張《みは》りで、すっかり陽《ひ》に焼《や》けて、黒《くろ》くなってしまった。

「ここもだめじゃないか」ぼくがいった。

「いや、気永《きなが》に待《ま》たなくちゃだめだよ。世界中《せかいじゅう》の汽船《きせん》がここに集《あつ》まってくるわけのものじゃあるまいし、もっとがまんすることだ」

と、サムは大人《おとな》のような口《くち》をきいた。

しかし、彼《かれ》もやっぱりつまらんと見《み》え、その日帰航《ひきこう》の途《と》についたとき、

「まだ店開《みせびら》きをやっていないんだから、これから小《ちい》さな船《ふね》でもなんでも

店開《みせびら》き…店《みせ》を開《ひら》いて商売《しょうばい》を始《はじ》めること。ここでは最初《さいしょ》のいたずらの意《い》。

見《み》つけ次第《しだい》、一度《いちど》おどかしてみようじゃないか」と、いった。

「うん、それがいい。よし、第一《だいいち》の犠牲船《ぎせいせん》を見《み》つけてやるぞ」

ぼくは見張《みは》りについた。

港《みなと》まで、あと海上《かいじょう》三マイルというところで、ぼくは五、六艘《そう》のカヌーが帆《ほ》を張《は》って走《はし》っているのを認《みと》めた。一日《いちにち》の漁《りょう》をおえてギネタの港《みなと》へもどっていく現地人《げんちじん》の舟《ふね》であった。

「見《み》つけた。六隻《せき》よりなる船団《せんだん》！」

「えっ、六隻《せき》よりなる船団《せんだん》だって。おい、よく見《み》ろよ。それは艦隊《かんたい》じゃないのか。艦隊《かんたい》をおどかしたら、大砲《たいほう》やロケット弾《だん》でうたれて、こっちはこっぱみじんだぞ」

サムはおそれをなしている。

「よく見《み》た。六隻《せき》よりなる船団《せんだん》なれども……」

「なれども――どうした」

「帆《ほ》を張《は》った現地人《げんちじん》のカヌーじゃ」

「なんだ、カヌーか。カヌーじゃ、おどかしばえもしないが、店開《みせびら》きだから、やってみよう」

そして、かねての手《て》はずどおりやった。すぐさま恐竜号《きょうりゅうごう》は潜航《せんこう》にうつり、カヌー船団《せんだん》を追《お》いこした。そして、ぬーっと浮上《ふじょう》にうつったのである。恐竜《きょうりゅう》はかま首《くび》をもたげ、ゆらゆらとふりながら、現地人《げんちじん》の、カヌーをにらみつけた。

どぼん、どぼん。ばたん、ばたん。

きゃーっ。きゃきゃーっ。

えらいさわぎだった。現地人《げんちじん》たちは、手《て》にしたかいをほうりだし、大《おお》急《いそ》ぎで海中《かいちゅう》にとびこんだ。

ぼくたちは、潜望鏡《せんぼうきょう》でこの有《あ》り様《さま》を見《み》て、おかしくて涙《なみだ》が出《で》て、とまらなかった。

潜望鏡《せんぼうきょう》…潜水艦《せんすいかん》が潜航《せんこう》した状態《じょうたい》で海上《かいじょう》を偵察《ていさつ》する光学装置《こうがくそうち》。ペリスコープ。

あまり永《なが》く恐竜《きょうりゅう》の姿《すがた》を出《だ》していると、正体《しょうたい》を見破《みやぶ》られるおそれがあるので、いい加減《かげん》に潜航《せんこう》にうつった。

いたずらの祟《たた》り

大汽船《だいきせん》グロリア号《ごう》に出会《であ》ったのは、その翌日《よくじつ》のことだった。

「おう。来《く》るぞ来《く》るぞ。こっちへ来《く》る。でかい汽船《きせん》だ。一万《まん》トン以上《いじょう》の巨船《きょせん》だ」

サムが見張番《みはりばん》だったが、えらい声《こえ》をあげた。そこで急《いそ》ぎ潜航《せんこう》に移《うつ》った。あとは潜望鏡《せんぼうきょう》だけでのぞいている。

巨船《きょせん》は、何《なん》にも知《し》らず近《ちか》づいてくるようである。

「ねえサム。あの汽船《きせん》は、きっといい望遠鏡《ぼうえんきょう》を持《も》っているだろうから、遠《とお》くの方《ほう》で浮《う》きあがって、近《ちか》くへ寄《よ》らないのがいいだろう」

「うん。しかし、あまり遠《とお》くはなれては、相手《あいて》の方《ほう》で恐竜《きょうりゅう》の存在《そんざい》に気《き》がつかないかもしれない。花火《はなび》をあげる用意《ようい》をしておけばよかったね」

「恐竜《きょうりゅう》が花火《はなび》をあげるものか」

結局《けっきょく》のところ、恐竜号《きょうりゅうごう》はグロリア号《ごう》の針路前《しんろまえ》を横切《よこぎ》ることになった。距離《きょり》は半《はん》マイル。これならいやでも相手《あいて》は気《き》がつく。

ぼくたちは念入《ねんい》りに、海面《かいめん》から恐竜《きょうりゅう》を出《だ》した。しきりに恐竜《きょうりゅう》の頭《あたま》をふり動《うご》かした。口《くち》もあいてみせた。

このきき目《め》はたいしたものであった。巨船《きょせん》の甲板《かんぱん》では乗組員《のりくみいん》や船客《せんきゃく》が、あわてて走《はし》りまわるのが潜望鏡《せんぼうきょう》を通《とお》して見《み》えた。ライフボートは用意《ようい》され、船客《せんきゃく》たちは大《おお》あわてで乗《の》りこんだ。

「ふふふ、これが、こしらえものの恐竜《きょうりゅう》だとわからないのかなあ。船長《せんちょう》まであわてているらしい」

「おやおや、針路《しんろ》をかえだしたぞ。逃《に》げだすつもりと見《み》える」

針路《しんろ》…羅針盤《らしんばん》の針《はり》の向《む》きから決《き》めた船《ふね》の進《すす》むべき方向《ほうこう》。

半《はん》マイル…マイルは長《なが》さや距離《きょり》の単位《たんい》。１マイルは約《やく》1.61キロメートル。800メートルほどの距離《きょり》。

巨船《きょせん》は大《おお》きな腹《はら》を見《み》せ、浪《なみ》を白《しろ》くひいて変針《へんしん》した。そのあわてた姿《すがた》は、乗組員《のりくみいん》や船客《せんきゃく》のさわぎとともに、ぼくらの写真機《しゃしんき》におさめられた。巨船《きょせん》は、やがてお尻《しり》をこっちへ見《み》せて、全速力《ぜんそくりょく》で遠《とお》ざかっていった。

ぼくたちは、手《て》をたたき、ひざをうち、ころげまわって笑《わら》った。

恐竜号《きょうりゅうごう》は、それからギネタの方《ほう》へ引《ひ》っ返《かえ》した。しかし、日《ひ》はまだ高《たか》いので、港《みなと》へはいることはよくなかった。そこでぼくたちは相談《そうだん》して、ギネタの北東《ほくとう》七マイルのところにある小《ちい》さい無人島《むじんとう》へ艇《てい》をつけ、夕方《ゆうがた》まで休《やす》むことにした。そこはマングローブの密林《みつりん》が海《うみ》の上《うえ》まで押《お》し出《だ》していたので、その密林《みつりん》のかげにはいっていれば、恐竜《きょうりゅう》の長《なが》い首《くび》も海面《かいめん》から見《み》える心配《しんぱい》がなかった。

ぼくたちは、その無人島《むじんとう》のかげへ早《はや》くはいってよかったと思《おも》った。というのは、それからまもなく、頭上《ずじょう》をぶんぶんと飛行機《ひこうき》がいく台《だい》もとび交《か》い、うるさいことになったからだ。察《さっ》するところ、例《れい》の巨船《きょせん》グロリア

ライフボート…救命艇《きゅうめいてい》のこと。
変針《へんしん》…針路《しんろ》を変《か》えること。

号《ごう》が、ぼくらの恐竜《きょうりゅう》を見《み》てびっくり仰天《ぎょうてん》し、そのことを無電《むでん》で放送《ほうそう》し、救助《きゅうじょ》をもとめたため、救助《きゅうじょ》の飛行機《ひこうき》が方々《ほうぼう》からこっちへ飛《と》んできて、空中《くうちゅう》からの捜索《そうさく》をはじめたのであろう。

次《つぎ》から次《つぎ》へと、新《あたら》しい飛行機《ひこうき》がのぞきにやってきた。だんだん大型機《おおがたき》へかわっていった。

「しょうがないね。まだ飛行機《ひこうき》のやつ、下界《げかい》をのぞいているぜ」

「困《こま》ったねえ。もうすぐ日《ひ》が暮《く》れる。ぼくたちは夜間航海《やかんこうかい》を習《なら》っていないから、明日《あす》の朝《あさ》まで、ここを動《うご》くことはできやしないよ」

「そんなら、今夜《こんや》はここに泊《と》まろう」

ぼくたちは無人島《むじんとう》のかげで一泊《ぱく》することになった。夜《よる》になっても飛行《ひこう》機《き》はまだ捜索《そうさく》をつづけていた。なかにはごていねいに照明弾《しょうめいだん》を落《お》としてゆく飛行機《ひこうき》もあった。

「いやに大《おお》がかりになってきたね」

下界《げかい》…高所《こうしょ》から見《み》た地上《ちじょう》の世界《せかい》。

「きっと恐竜事件《きょうりゅうじけん》は世界中《せかいじゅう》の大《だい》ニュースになって、さわがれているんだぜ」

「痛快《つうかい》だなあ。しかしカが多《おお》くていけないや」

夜《よ》は白《しら》みかかった。

さあ、早《はや》いところ帰航《きこう》しようと思《おも》って、あたりの物音《ものおと》に耳《みみ》をすました。するとﾞ、小《ちい》さいながらぶーんと飛行機《ひこうき》の音《おと》が聞《き》こえるではないか。

「だめだ。まだ飛行機《ひこうき》が、空《そら》にがんばっているよ」

「夜《よる》がすっかり明《あ》けちまうと、ちょっと出《で》にくいんだ。困《こま》ったね」

夜《よる》が明《あ》けた。飛行機《ひこうき》の数《かず》はふえた。これではいよいよ動《うご》けない。

その日《ひ》も一泊《ぱく》、次《つぎ》の日《ひ》も、やむをえず一泊《ぱく》した。困《こま》ったのは食糧《しょくりょう》だ。もっと持《も》ってくればよかった。水《みず》は完全《かんぜん》になくなった。上陸《じょうりく》してヤシの実《み》のくさい水《みず》をのんで、ようようのどのかわきをとめて生《い》きていた。

ようよう…ようやく。

恐竜出現《きょうりゅうしゅつげん》

四日目《よっかめ》の朝《あさ》のこと、起《お》きて船《ふね》の外《そと》へ出《で》てみると、うれしや飛行機《ひこうき》の音《おと》がしない。そこでサムを起《お》こした。

「よし、今《いま》のうちに出航《しゅっこう》だ。しかしその前《まえ》にヤシの実《み》を十個《こ》ばかり拾《ひろ》って、艇内《ていない》にはこんでおく必要《ひつよう》がある。これからまだどういう目《め》にあうかもしれないから、水《みず》の用意《ようい》はしておかないといけないんだ」

「なるほど。では二人《ふたり》で、五個《こ》ずつ拾《ひろ》ってくればいいんだね。いこう」

サムとぼくとは急《いそ》いで上陸《じょうりく》した。それから近《ちか》くのヤシの林《はやし》へはいって、なるべく色《いろ》の青《あお》いヤシの実《み》を拾《ひろ》いあつめた。

五個《こ》のヤシの実《み》は、やっと両手《りょうて》にかかえて持《も》ちはこびができる。ぼくとサムとは、うんうんいいながら林《はやし》を出《で》て、艇《てい》のつないである湾《わん》の方《ほう》へよたよた歩《ある》いていった。

そのときである。サムが、「あっ」といってたちどまった。

「どうした、サム」と、ぼくはたずねた。

「うむ。ぼくの目《め》はどうかしているらしい。恐竜《きょうりゅう》の首《くび》が二《ふた》つ見《み》えるんだ」

「あははは、何《なに》をいっているか」

と、ぼくはばかばかしくなって、湾《わん》の方《ほう》を見《み》た。

「あっ！」

ぼくの腕《うで》からヤシの実《み》がころがり落《お》ちた。ぼくのひざは急《きゅう》にがくがくになった。のどがからからになって、声《こえ》がでなくなった。なぜ？　なぜといって、ぼくは見《み》たのだ。ぼくらの恐竜《きょうりゅう》のそばに、もう一頭《とう》の恐竜《きょうりゅう》が長《なが》い首《くび》をのばし、口《くち》をあいたりとじたりして、のそのそしているのであった。それに、作《つく》り物《もの》の恐竜《きょうりゅう》でないことは、一目《ひとめ》でわかった。大《おお》きな胴《どう》が、マングローブをめりめりと押《お》し倒《たお》している。長《なが》い尻尾《しっぽ》が、ぱちゃんと大《おお》きくヤシの梢《こずえ》をたたく。ころころとヤシの実《み》がころがるのが見《み》える。

ほんものの恐竜《きょうりゅう》だ。

「逃《に》げよう、本物《ほんもの》の恐竜《きょうりゅう》だ」

サムもこのとき悟《さと》ったと見《み》え、ぼくの腕《うで》をとった。ぼくは無言《むごん》でまわれ右《みぎ》をして走《はし》りだした。密林《ジャングル》の奥深《おくふか》くへ……。

「おどろいたね。この島《しま》には本物《ほんもの》の恐竜《きょうりゅう》がすんでいるんだよ」

「恐竜島《きょうりゅうとう》って、ほんとうにあるんだな。あいつは人間《にんげん》を食《く》うだろうか」

「恐竜《きょうりゅう》は爬虫類《はちゅうるい》だろう。爬虫類《はちゅうるい》といえばヘビやトカゲがそうだ。ヘビは人間《にんげん》をのむからね。したがって恐竜《きょうりゅう》は人間《にんげん》を食《く》うと思《おも》う」

「なにが『したがって』だ。食《く》われちゃ、おしまいだ。ああ、困《こま》ったなあ」

「ぼくはそんなことよりも、あのけだものが、ぼくらの恐竜号《きょうりゅうごう》の恐竜《きょうりゅう》に話《はな》しかけても返事《へんじ》をしないものだから、腹《はら》をたててしまってね、ぼくらの艇《てい》をぽんと海《うみ》のなかへけとばして沈《しず》めてしまやしないかと心配《しんぱい》しているんだ」

恐竜島《きょうりゅうとう》…1948年《ねん》に海野十三《うんのじゅうざ》自身《じしん》が発表《はっぴょう》したＳＦ《エスエフ》冒険小説《ぼうけんしょうせつ》の題名《だいめい》。

「あっ、そうだ。昇降口《しょうこうぐち》をしめてくるのを忘《わす》れたよ。困《こま》った。本物《ほんもの》の恐《きょう》竜《りゅう》は相手《あいて》が口《くち》をきかないものだから、きっと腹《はら》をたてるだろう」

「そうなれば、ぼくらは、乗《の》って帰《かえ》る船《ふね》がなくなるよ。そしてこの島《しま》に本物《ほんもの》の恐竜《きょうりゅう》といっしょに住《す》むことになるだろう」

「わーっ。本物《ほんもの》の恐竜《きょうりゅう》と同居《どうきょ》するなんて、考《かんが》えただけで、ぶるぶるぶるぶるだ」

サムは全身《ぜんしん》をこまかくふるえてみせた。

「ねえ、サム。恐竜《きょうりゅう》は、鼻《はな》がきくだろうか。つまりにおいをかぎつけるのが鋭敏《えいびん》かな」

「なぜ、そんなことを聞《き》くんだい」

「だって、ぼくはこれからそっと湾《わん》の方《ほう》へ行《い》って、本物《ほんもの》の恐竜《きょうりゅう》がどうしているか見《み》てこようと思《おも》うんだ。しかし、もし恐竜《きょうりゅう》の鼻《はな》がよくきくんだったら、ぼくが近《ちか》づけば、恐竜《きょうりゅう》に見《み》つかって食《た》べられてしまうからね」


……………………………………………………

「恐竜《きょうりゅう》の臭覚《しゅうかく》は鈍感《どんかん》だと思《おも》う。なぜといって、ぼくらの作《つく》り物《もの》の恐竜《きょうりゅう》のそばまで行《い》っても、まだ本物《ほんもの》かどうかわかりかねていたからね」

「じゃあ行《い》ってみよう」

「ぼくも行《い》く」

ぼくたちは、足音《あしおと》をしのびつつおそるおそる湾《わん》の見《み》えるところまで行《い》った。

「おや恐竜《きょうりゅう》はいないぞ」

「ほんとだ。今《いま》のうちに、恐竜号《きょうりゅうごう》にのって逃《に》げようよ」

「よし、急《いそ》げ、早《はや》く」

今《いま》から考《かんが》えると、そのときどうして恐竜号《きょうりゅうごう》にとびこんだか、どうして出帆《しゅっぱん》したか、昇降口《しょうこうぐち》はだれがしめたのか、そんなことはすこしも記憶《きおく》していない。とにかく生命《いのち》を的《まと》にして、早《はや》いところ片《かた》づけて、沖合《おきあ》いめがけて逃《に》げだしたのだ。もちろん潜航《せんこう》なんかしない。浮上《ふじょう》したままの全速《ぜんそく》

生命《いのち》を的《まと》にする…いのちがけでものごとをする。

力《りょく》で白浪《しらなみ》をたてて走《はし》った。気《き》が気《き》ではなかった。今《いま》にも恐竜《きょうりゅう》が追《お》いかけてくるかと……。

ギネタ湾頭《わんとう》の浅瀬《あさせ》に艇《てい》をのしあげて、ぼくたちは「やれやれ助《たす》かった」と思《おも》った。ぼくたちは艇《てい》をとびだして、水《みず》を渡《わた》って海岸《かいがん》の砂《すな》の上《うえ》にかけあがり、気《き》のゆるみで二人《ふたり》とも、人事不省《じんじふせい》におちいった。

ぼくたちは知《し》らなかったが、近《ちか》くにいた人々《ひとびと》は胆《きも》をつぶしたそうな。そうでもあろう。全速力《ぜんそくりょく》で恐竜《きょうりゅう》が海岸《かいがん》めがけて押《お》し寄《よ》せてきたと思《おも》ったら、浅瀬《あさせ》にのしあげ、なかから二人《ふたり》の少年《しょうねん》がとびだしてきて、砂《すな》の上《うえ》でひっくりかえってしまったんだから。

ホテルでも、ぼくたちが三日三晩《みっかみばん》も、もどらないものだから、恐竜《きょうりゅう》にさらわれたにちがいないと、手《て》わけして探《さが》していたそうである。

ぼくたちは運《うん》よく生命《いのち》を拾《ひろ》って、本国《ほんごく》へもどることができた。いろいろ大損害《だいそんがい》もしたけれど、その後《ご》「恐竜艇《きょうりゅうてい》の冒険《ぼうけん》」だの「恐竜《きょうりゅう》を見《み》た話《はなし》」な

人事不省《じんじふせい》…知覚《ちかく》や意識《いしき》をまったくうしなうこと。

どを放送《ほうそう》したり、本《ほん》にして出版《しゅっぱん》したりしたので、たいへんもうかって金《かね》もちになった。このつぎの休暇《きゅうか》には、日本《にほん》へ行《い》ってみたい。こんどサムに、相談《そうだん》してみよう。

死《し》んでからよほど日数《にっすう》がたっていると見《み》えて、
単衣《ひとえもの》に包《つつ》まれた身体《からだ》も、学校帽子《がっこうぼうし》をそばに置《お》いた頭《あたま》も、
ほとんど骨《ほね》ばかりで、どこのたれともわかりませんでした。

頭蓋骨《ずがいこつ》の秘密《ひみつ》

小酒井不木《こさかいふぼく》

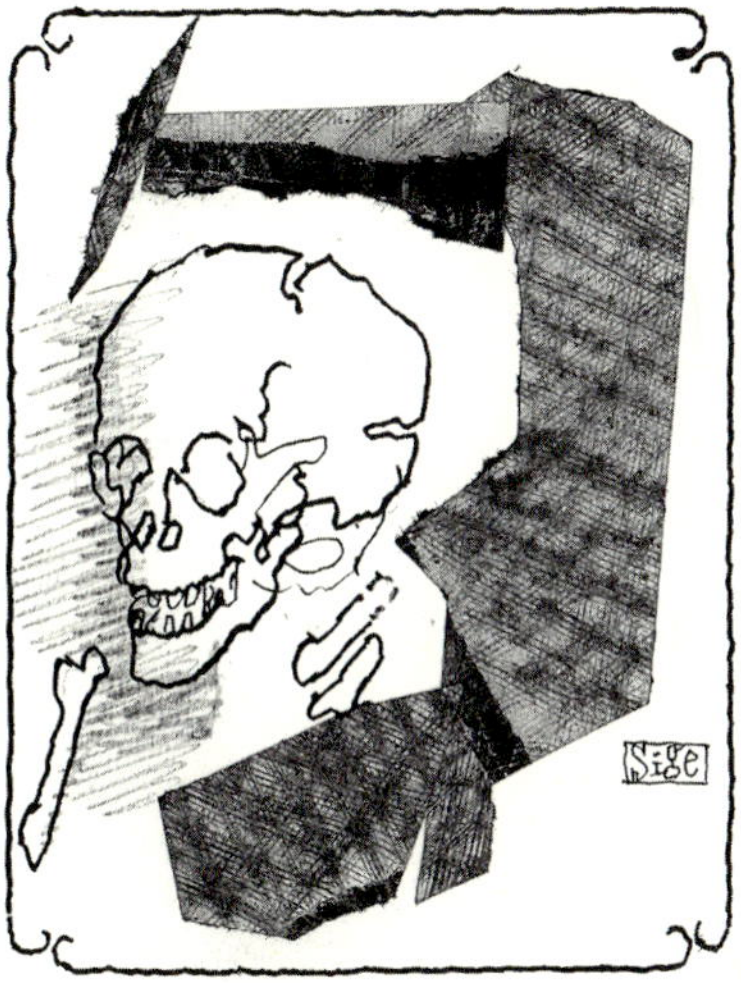

小酒井不木《こさかいふぼく》　一八九〇―一九二九

医学《いがく》を学《まな》んだ作者《さくしゃ》は、三十一歳《さい》のとき、科学《かがく》読《よ》み物《もの》やエッセイ、翻訳《ほんやく》などの文章《ぶんしょう》を書《か》き始《はじ》めます。そこに起《お》こったのが、一九二三年《ねん》九月《がつ》一日《ついたち》の関東大震災《かんとうだいしんさい》でした。おりから病気療養中《びょうきりょうようちゅう》の作者《さくしゃ》は、病状悪化《びょうじょうあっか》のため、翌月《よくげつ》、名古屋《なごや》に家《いえ》を新築《しんちく》し、転居《てんきょ》します。現代《げんだい》でもそうですが、地震《じしん》などの天災《てんさい》は、被災《ひさい》した人々《ひとびと》の心《こころ》と生活《せいかつ》に大《おお》きな影響《えいきょう》をおよぼします。作者《さくしゃ》の震災体験《しんさいたいけん》は、本作《ほんさく》にも影響《えいきょう》をおよぼしているかもしれません。本書《ほんしょ》に収録《しゅうろく》したのは、「少年科学探偵《しょうねんかがくたんてい》」シリーズ第《だい》四作《さく》の全文《ぜんぶん》と、第《だい》一作《さく》「紅色《べにいろ》ダイヤ」の冒頭部分《ぼうとうぶぶん》です。

これから皆《みな》さんに少年《しょうねん》科学《かがく》探偵《たんてい》塚原《つかはら》俊夫《としお》君《くん》を紹介《しょうかい》します。俊夫《としお》君《くん》は今年《ことし》十二ですけれど、大人《おとな》もおよばぬかしこい子《こ》です。六歳《さい》のとき、三《さん》角形《かくけい》の内角《ないかく》の和《わ》が二直角《にちょっかく》になるということを自分《じぶん》で発見《はっけん》して、お父《とう》さんをびっくりさせました。尋常《じんじょう》一年《ねん》のとき、

　菜《な》の花《はな》や股《また》のぞきする土手《どて》の児《こ》ら

という俳句《はいく》を作《つく》って、学校《がっこう》の先生《せんせい》をアッといわせました。尋常《じんじょう》二年《ねん》のころにはもう、中学卒業程度《ちゅうがくそつぎょうていど》の学識《がくしき》がありました。

俊夫《としお》君《くん》は文学《ぶんがく》が好《す》きでしたけれど、それよりもいっそう科学《かがく》に興味《きょうみ》をもちました。試《こころ》みに俊夫《としお》君《くん》に自動車《じどうしゃ》の構造《こうぞう》をたずねてみなさい、その場《ば》で巧《たく》みな図《ず》をかいて説明《せつめい》してくれます。また試《こころ》みに象《ぞう》の赤血球《せっけっきゅう》の大《おお》きさは？　と聞《き》いてみなさい。言下《げんか》に九・四ミクロンと答《こた》えます。俊夫《としお》君《くん》の

二直角《にちょっかく》…180度《ど》。直角《ちょっかく》(90度《ど》)の２倍《ばい》。
尋常《じんじょう》…尋常小学校《じんじょうしょうがっこう》の略《りゃく》。初等普通教育《しょとうふつうきょういく》を義務教育《ぎむきょういく》とした旧制《きゅうせい》の小学校《しょうがっこう》。
言下《げんか》に…質問《しつもん》が終《お》わるとすぐに。

作《つく》った遊星《ゆうせい》の運動《うんどう》を説明《せつめい》する模型《もけい》は特許《とっきょ》になって、中学校《ちゅうがっこう》や専門学校《せんもんがっこう》で使《つか》われています。こういうわけで俊夫君《としおくん》は小学校《しょうがっこう》を中途《ちゅうと》でやめて、独学《どくがく》で研究《けんきゅう》することになりました。

その後《ご》まもなく、俊夫君《としおくん》はふとした動機《どうき》から探偵小説《たんていしょうせつ》が好《す》きになり、とうとう自分《じぶん》も科学探偵《かがくたんてい》になる決心《けっしん》をしました。探偵《たんてい》になるには動物《どうぶつ》、鉱物《こうぶつ》、植物学《しょくぶつがく》や物理《ぶつり》、化学《かがく》、医学《いがく》の知識《ちしき》がいるので、俊夫君《としおくん》は一生懸命《いっしょうけんめい》に勉強《べんきょう》しましたが、三年《ねん》たたぬうちに、それらの学問《がくもん》に通《つう》じてしまいました。

お父《とう》さんは麴町《こうじまち》三番町《ばんちょう》の自宅《じたく》の隣《となり》に、俊夫君《としおくん》のために小《ちい》さい実験室《じっけんしつ》を建《た》ててやりました。そのなかで俊夫君《としおくん》は顕微鏡《けんびきょう》をのぞいたり、試験管《しけんかん》をいじったりして、可愛《かわい》い洋服姿《ようふくすがた》で夜《よる》おそくまで実験《じっけん》をしています。この実験室《じっけんしつ》は、今《いま》は探偵《たんてい》の事務室《じむしつ》をかねております。

俊夫君《としおくん》の名《な》が高《たか》くなったので、近《ちか》ごろは日《ひ》に二三人《にさんにん》の事件依頼者《じけんいらいしゃ》があります。最近迷宮《さいきんめいきゅう》に入《い》った大事件《だいじけん》を三《みっ》つも解決《かいけつ》したので、少年名探偵《しょうねんめいたんてい》の評判《ひょうばん》を得《え》ました。しかし探偵《たんてい》という仕事《しごと》は、命知《いのちし》らずの犯罪者相手《はんざいしゃあいて》のことですから、腕《うで》ずくでは俊夫君《としおくん》もかないません。

それがため命《いのち》の危険《きけん》なこともありますので、俊夫君《としおくん》は負《ま》けずぎらいの性分《しょうぶん》ですけれど、両親《りょうしん》が心配《しんぱい》して、この春《はる》から力《ちから》の強《つよ》い人《ひと》を助手《じょしゅ》としてやとうことになりました。その助手《じょしゅ》となったのが、すなわちこの柔道三段《じゅうどうさんだん》のわたしであります。

はじめ俊夫君《としおくん》はわたしの名《な》を呼《よ》んで「大野《おおの》さん」といっていましたが、近《ちか》ごろは「兄《にい》さん」と呼《よ》びます。それほどわたしたちの仲《なか》は親密《しんみつ》になりました。わたしは朝《あさ》から晩《ばん》まで俊夫君《としおくん》といっしょにおります。街《まち》などを歩《ある》いていると、「兄《にい》さんは、今《いま》、講道館《こうどうかん》のことを考《かんが》えていたね」などといってわたしをおどろかせます。どうしてわかるのかと聞《き》くと、にこりと笑《わら》って、いかにも簡単《かんたん》に推理《すいり》の道筋《みちすじ》を説明《せつめい》してくれます。（「紅色《べにいろ》ダイヤ」より）

迷宮《めいきゅう》に入《い》る…事件《じけん》が解決《かいけつ》せず、真相《しんそう》がわからなくなってしまうこと。
講道館《こうどうかん》…1882年《ねん》、柔道家《じゅうどうか》の嘉納治五郎《かのうじごろう》によって創設《そうせつ》された、柔道《じゅうどう》の総本山《そうほんざん》。

山中《さんちゅう》の骸骨《がいこつ》

実験室《じっけんしつ》の前《まえ》の庭《にわ》にある桐《きり》の若葉《わかば》が、ようやく出《で》そろった五月《がつ》なかばのある朝《あさ》、塚原俊夫君《つかはらとしおくん》が「P《ピー》の叔父《おじ》さん」と呼《よ》ぶ警視庁《けいしちょう》の小田刑事《おだけいじ》が、めずらしくも私服《しふく》を着《き》て、わたしたちの事務室兼実験室《じむしつけんじっけんしつ》をたずねられました。小田《おだ》さんは東京《とうきょう》に近《ちか》い△△県《けん》の田舎《いなか》の生《う》まれだそうですが、その村《むら》の小田《おだ》さんの親戚《しんせき》の家《いえ》に一《ひと》つの事件《じけん》が発生《はっせい》したので、俊夫君《としおくん》にその解決《かいけつ》を依頼《いらい》すべく来《こ》られたのです。

今日《きょう》からちょうど五日前《いつかまえ》、△△県《けん》××村《むら》の付近《ふきん》の山奥《やまおく》で、先年関東《せんねんかんとう》の大地震《おおじしん》の際山崩《さいやまくず》れのあったところを、二人《ふたり》の農夫《のうふ》が掘《ほ》りかえしていると、一本《ぽん》の松《まつ》の木《き》の根元《ねもと》から、意外《いがい》にも、十二三《じゅうにさん》の少年《しょうねん》の死体《したい》があらわれま

関東《かんとう》の大地震《おおじしん》…1923年《ねん》９月１日《がつついたち》、関東地方《かんとうちほう》をおそったマグニチュード7.9の大地震《おおじしん》。関東大震災《かんとうだいしんさい》と呼《よ》ばれる。被害《ひがい》は南関東《みなみかんとう》がとくにひどく、死者《ししゃ》10万人弱《まんにんじゃく》、行方不明《ゆくえふめい》４万《まん》３千人《ぜんにん》、負傷者《ふしょうしゃ》10万人《まんにん》、被害世帯《ひがいせたい》は69万《まん》におよんだ。

した。死《し》んでからよほど日数《にっすう》がたっていると見《み》えて、単衣《ひとえもの》に包《つつ》まれた身体《からだ》も、学校帽子《がっこうぼうし》をそばに置《お》いた頭《あたま》も、ほとんど骨《ほね》ばかりで、どこのだれともわかりませんでした。

二人《ふたり》の農夫《のうふ》はびっくりして、ころぶように走《はし》って、F町《エフまち》の警察署《けいさつしょ》に事《こと》の次第《しだい》を急報《きゅうほう》しましたので、警察署《けいさつしょ》からはただちに三人《にん》の警官《けいかん》が取《と》り調《しら》べのため、現場《げんじょう》にかけつけました。掘《ほ》り出《だ》された死体《したい》は紺絣《こんがすり》の単衣《ひとえ》の筒《つつ》袖《そで》で、黒《くろ》い兵児帯《へこおび》をまとい頭《あたま》の部分《ぶぶん》には、手拭《てぬぐ》いがまきついていて、それが後《うし》ろの方《ほう》で結《むす》んでありました。頭《あたま》のそばに落《お》ちていた学校帽《がっこうぼう》の徽章《きしょう》はまごう方《かた》なく××村《むら》の小学校《しょうがっこう》のそれであって懐《ふところ》にある蟇口《がまぐち》のなかはからっぽであり、下駄《げた》には「草野《くさの》」という焼《や》き印《いん》がおされてありました。

その山《やま》は××村《むら》からF町《エフまち》へゆく途中《とちゅう》にありますが、死体《したい》の発見《はっけん》されたところは、平素《へいそ》めったに人《ひと》がゆかぬところだそうです。でも、うわさをきいた村人《むらびと》は、われ先《さき》にと集《あつ》まってきて、ほどなく、死《し》んだ少年《しょうねん》は、村《むら》の

単衣《ひとえもの》…夏用《なつよう》の裏地《うらじ》をつけない一重《ひとえ》の和服《わふく》。
紺絣《こんがすり》…紺色《こんいろ》の木綿地《もめんじ》に白《しろ》くかすりを織《お》りだした文様《もんよう》。あるいはその織物《おりもの》。
兵児帯《へこおび》…男性《だんせい》、または子《こ》ども用《よう》の簡易《かんい》な帯《おび》。

相当《そうとう》の資産家《しさんか》なる草野《くさの》ふさ方《かた》の長男草野富三《ちょうなんくさのとみぞう》であるとわかりました。ことに母親《ははおや》が来《き》て着物《きもの》も下駄《げた》も何《なに》もかも富三《とみぞう》のものだと申《もう》しましたので、顔《かお》はもとよりわかりませんでしたが、もはや疑《うたが》う余地《よち》はなくなりました。

話《はなし》は大正《たいしょう》十二年《ねん》八月《がつ》三十日《にち》にさかのぼります。死《し》んだ少年草野富三《しょうねんくさのとみぞう》は、同級《どうきゅう》(尋常《じんじょう》六年生《ねんせい》)の少年津田栄吉《しょうねんつだえいきち》と、おのおの、家《いえ》の金《かね》五十円《えん》ほどずつを持《も》ち出《だ》して行方不明《ゆくえふめい》になりました。二人《ふたり》は学校《がっこう》の教師《きょうし》も持《も》てあましたくらいの不良少年《ふりょうしょうねん》でして今《いま》までよく家《うち》をあけることもありましたが、こんなに大金《たいきん》を盗《ぬす》み出《だ》したのは稀《まれ》であるのと、二人《ふたり》がF町《エフまち》の方《ほう》へ連《つ》れ立《だ》ってゆくのを見《み》たというものがあるのと、富三《とみぞう》が東京行《とうきょうゆき》の汽車《きしゃ》に乗《の》るのを見《み》たというものがあったので、両家《りょうけ》では、翌日一日中待《よくじついちにちじゅうま》っていよいよ帰《かえ》らぬことがわかると、それぞれ使者《ししゃ》を出《だ》して、九月一日《がっついたち》の朝東京《あさとうきょう》の心当《こころあ》たりの先《さき》をたずねさせることにしたのであります。

大正十二年《たいしょうじゅうにねん》…1923年《ねん》。

すると、あの大地震《おおじしん》です。二人《ふたり》の少年《しょうねん》をさがしに出《で》た人々《ひとびと》も、少年《しょうねん》たちも、もろともに焼死《しょうし》したと見《み》えて、そのまま帰《かえ》ってきませんでしたので、みんな東京《とうきょう》の土《つち》となったものと思《おも》いこんでおりました。ところが東《とう》京《きょう》へ行《い》ったはずの富三《とみぞう》がこうして山奥《やまおく》に死《し》んでいるところをみると、もう一人《ひとり》の少年栄吉《しょうねんえいきち》もいっしょに山崩《やまくず》れの下敷《したじ》きになったかもしれない、こう考《かんが》えて、村《むら》の人々《ひとびと》は、力《ちから》を合《あ》わせて付近《ふきん》を掘《ほ》りかえしましたが、栄《えい》吉《きち》の死体《したい》はどうしても見《み》つかりませんでした。

富三《とみぞう》はなぜ一人《ひとり》でこんな山奥《やまおく》へ来《き》たか、警官《けいかん》はまず二人《ふたり》の少年《しょうねん》がF町《エフまち》へ連《つ》れ立《だ》ってゆくのを見《み》たというものを呼《よ》んでよくたずねてみますと何《なに》しろ一年半《ねんはん》以上《いじょう》にもなったところですから、その返事《へんじ》は曖昧《あいまい》でことによると、二人《ふたり》は別々《べつべつ》に家《いえ》の金《かね》を盗《ぬす》んで出《で》たのかもしれないということになりました。

そこで警官《けいかん》は、さらに考《かんが》えを進《すす》めて、蟇口《がまぐち》のなかがからであるということと、頸《くび》に手拭《てぬぐ》いが巻《ま》かれてあるということからして、富三《とみぞう》は、盗人《ぬすびと》のために山奥《やまおく》に連《つ》れられ絞《し》め殺《ころ》されて、五十円《えん》の金《かね》をうばいとられたのであろうと推定《すいてい》しました。しかしその盗人《ぬすびと》がたれであるかもとよりわかろうはずはありませんけれど、何《なん》とかして犯人《はんにん》を捕《とら》えたいと思《おも》った警官《けいかん》は、富三《とみぞう》の家庭《かてい》の事情《じじょう》をきくなり、富三《とみぞう》の母親《ははおや》に向《む》かって、おそろしい嫌疑《けんぎ》をかけたのであります。

というのは、富三《とみぞう》は母親《ははおや》ふさの継子《ままこ》であって、富三《とみぞう》の腹《はら》ちがいの弟《おとうと》に、家《いえ》の財産《ざいさん》をゆずりたいために(父親《ちちおや》は数年前《すうねんまえ》に亡《な》くなりました)富三《とみぞう》を山《やま》奥《おく》に連《つ》れていって殺《ころ》し、栄吉《えいきち》が金《かね》をもって逃《に》げだしたときいて富三《とみぞう》も金《かね》をもち出《だ》したようにいいふらしたにちがいない、と推定《すいてい》したのであります。

ですから、警官《けいかん》は富三《とみぞう》の継母《ままはは》ふさを警察署《けいさつしょ》へ拘引《こういん》してきびしく訊問《じんもん》しました。その結果《けっか》どうでしょう、継母《ままはは》ふさは、富三《とみぞう》を殺《ころ》したことを白状《はくじょう》

もとより…もちろん。いうまでもなく。
嫌疑《けんぎ》…犯罪《はんざい》をおかしたのではないかという疑《うたが》い。容疑《ようぎ》に同《おな》じ。
継子《ままこ》…親《おや》と血《ち》のつながりのない、実子《じっし》ではない子《こ》。

したそうであります。

小田《おだ》さんはこの継母《ままはは》ふさの従兄妹《いとこ》にあたるそうですから、継母《ままはは》に逢《あ》って話《はな》した結果《けっか》、ふさはぜったいに富三《とみぞう》を殺《ころ》したのではなく、義理《ぎり》のために白状《はくじょう》したのだと信《しん》じて自分《じぶん》で取《と》り調《しら》べようかとも思《おも》われたのですが、職掌上面白《しょくしょうじょうおもしろ》くないから、俊夫君《としおくん》に事件《じけん》の捜査《そうさ》を依頼《いらい》に来《こ》られたのであります。

「承知《しょうち》いたしました。面白《おもしろ》そうな事件《じけん》ですね」と、俊夫君《としおくん》は、小田《おだ》さんの話《はなし》をききおわって、快《こころよ》く申《もう》しました。「何《なに》よりもまずその死体《したい》を見《み》なければなりません。これからすぐ出《で》かけますから、どうか案内《あんない》してください」

まもなくわたしたち三人《にん》は汽車《きしゃ》に乗《の》ってF町《エフまち》へ来《き》ました。警察署《けいさつしょ》へはいると、小田《おだ》さんは、

拘引《こういん》…とらえて強引《ごういん》につれていくこと。

職掌上面白《しょくしょうじょうおもしろ》くないから…(取《と》り調《しら》べの相手《あいて》が従兄妹《いとこ》では)役職上《やくしょくじょう》、都合《つごう》の悪《わる》いこともあり、心《こころ》の晴《は》れることもないから。

「俊夫君《としおくん》、おふささんに逢《あ》ってくれるか?」と申《もう》しました。
「いいえ、まず、死体《したい》を検《しら》べさせてもらいましょう。その都合《つごう》で必要《ひつよう》があったらお目《め》にかかりましょう」と俊夫君《としおくん》は答《こた》えました。

死体《したい》は別室《べっしつ》に置《お》かれてありました。見《み》るもあわれな、黒《くろ》みがかった骸《がい》骨《こつ》でありました。帽子衣服《ぼうしいふく》などの附属品《ふぞくひん》はそのそばにならべてありました。俊夫君《としおくん》はまず、頭蓋骨《ずがいこつ》を取《と》りあげて、しばらくいじくりまわした後《のち》、小田《おだ》さんに向《む》かって、富三君《とみぞうくん》の写真《しゃしん》があったら借《か》りてきてくださいといいました。

小田《おだ》さんが出《で》てゆくと、俊夫君《としおくん》は、骸骨《がいこつ》のそばに置《お》かれてあった附属《ふぞく》品《ひん》を取《と》り検《しら》べにかかりました。いずれも破《やぶ》れかけくさりかけたものばかりでしたから俊夫君《としおくん》はいかにも大事《だいじ》そうに取《と》りあつかい、まず帽子《ぼうし》を取《と》り上《あ》げて、頭蓋骨《ずがいこつ》にかぶせると、ちょうどぴったりはまって、少《すこ》し小《ちい》さいくらいでありました。俊夫君《としおくん》は何思《なにおも》ったか、にっこり笑《わら》って、帽子《ぼうし》を

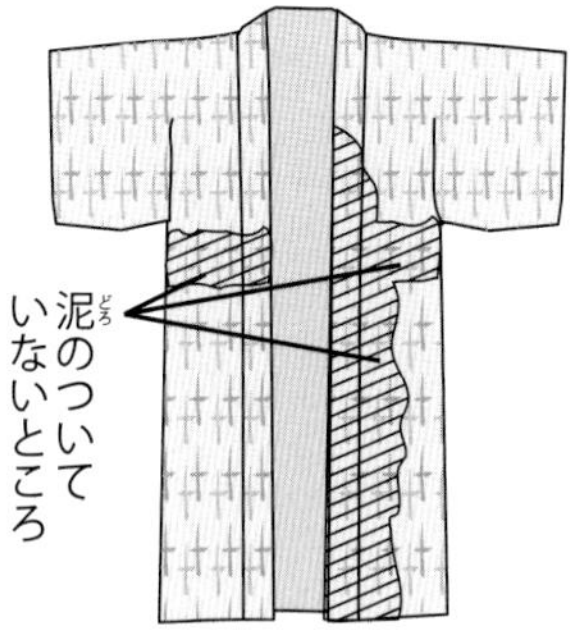

かぶせたまま頭蓋骨《ずがいこつ》をわきへ置《お》き、次《つぎ》に破《やぶ》れかけた絣《かすり》の単衣《ひとえ》を検査《けんさ》しました。すると何《なに》か不審《ふしん》なことでもあるのか、しばらく、首《くび》をかたむけて考《かんが》えておりましたが、やがて手帳《てちょう》を出《だ》してここに示《しめ》してあるような図《ず》を描《えが》き、さらに、図《ず》に示《しめ》すように「泥《どろ》のついていないところ」という文字《もじ》を書《か》きこみました。

それから、俊夫君《としおくん》は下駄《げた》や、蟇口《がまぐち》や兵児帯《へこおび》を綿密《めんみつ》に検《しら》べましたが、別《べっ》に変《か》わったところもないとみえて、手帳《てちょう》には何《なに》も書《か》きこみませんでした。

かれこれするうち、小田《おだ》さんは富三《とみぞう》の写真《しゃしん》を持《も》って帰《かえ》ってきました。

不審《ふしん》…疑《うたが》わしいこと。

見《み》ると、それは、手札形《てふだがた》のはっきりした半身像《はんしんぞう》で、帽子《ぼうし》はかぶっていませんでしたが何《なん》となく狡猾《こうかつ》そうな顔《かお》をしておりました。俊夫君《としおくん》は、しばらく写真《しゃしん》を見《み》つめ、さらに帽子《ぼうし》をかぶせてあった頭蓋骨《ずがいこつ》を取《と》り上《あ》げて見《み》くらべ、次《つ》いで帽子《ぼうし》を取《と》ってじっと、ながめあわせておりましたが、やがて小田《おだ》さんに向《む》かい「P《ピー》の叔父《おじ》さん、ぼくちょっと調《しら》べたいことがあるから、この頭蓋骨《ずがいこつ》を一週間《しゅうかん》ばかり、貸《か》してもらうよう交渉《こうしょう》してください」と申《もう》しました。

小田《おだ》さんはすぐ交渉《こうしょう》に行《い》ってくれましたが、長《なが》いこと帰《かえ》ってきませんでした。

「兄《にい》さん、田舎《いなか》の警察《けいさつ》はものわかりがわるいのだねえ。これじゃ、ほんとうの探偵《たんてい》なんかできやしないよ」と俊夫君《としおくん》はわたしに向《む》かって、憤慨《ふんがい》していいました。やっと二時間《じかん》も待《ま》ってからようやく小田《おだ》さんが顔《かお》を出《だ》し、「とうとう説《と》きふせて借《か》りることにしたよ」と申《もう》しました。小田《おだ》さん

狡猾《こうかつ》…わるがしこいこと。ずるいこと。

はさらに言葉《ことば》を続《つづ》けて、

「俊夫君《としおくん》、おふささんに逢《あ》ってくれるか」とたずねました。

「今日《きょう》は逢《あ》わなくってもよろしい、それよりも、栄吉君《えいきちくん》の家《いえ》へ行《い》ってお母《かあ》さんに逢《あ》ってきましょう」

栄吉《えいきち》には兄弟《きょうだい》が五人《にん》あって、やはりお父《とう》さんはなく、お母《かあ》さんは実母《じつぼ》でしたが、栄吉《えいきち》が不良少年《ふりょうしょうねん》になったのも、富三《とみぞう》のおかげであるとて、たいへん富三《とみぞう》をうらみ大金《たいきん》をもち出《だ》したのも、富三《とみぞう》にそそのかされたのだと腹《はら》を立《た》てておりました。そうして、富三《とみぞう》があぁした横着《おうちゃく》ものになったのも、みんなあの継母《ままはは》が悪《わる》いからだ、あの継母《ままはは》は鬼《おに》だ、だから富三《とみぞう》を殺《ころ》して、とうとう天罰《てんばつ》を受《う》けるようになったのだと、小田《おだ》さんがおふささんの親戚《しんせき》だということも知《し》らずに、わたしたちに向《む》かって、さんざんおふささんのことをののしりました。俊夫君《としおくん》はだまってきいておりましたが、急《きゅう》に意地悪《いじわる》そうな目《め》つきをして、「栄吉《えいきち》さんは富三《とみぞう》さんといっしょに

横着《おうちゃく》もの…ずるい怠《なま》け者《もの》。不良《ふりょう》。

家出《いえで》したというんですか？」
「そうですとも、そそのかされたんですよ」
「もしそうだとすると、富三《とみぞう》さんの殺《ころ》されたことを栄吉《えいきち》さんは見《み》ている
はずです」
「そんなことわかるものですか」と栄吉《えいきち》の母《はは》は答《こた》えました。
「わかってますよ。富三《とみぞう》さんが、殺《ころ》されて栄吉《えいきち》さんがそのそばにいたと
すれば殺《ころ》したのは……」
俊夫君《としおくん》がみなまでいわぬうちに、先方《せんぽう》はその意味《いみ》を察《さっ》したと見《み》えて、
眼《め》をむいておどろきました。
「まあ、この子《こ》はずうずうしい。よくもそんな……」こういってぷいと
奥《おく》へはいっていってしまいました。
実《じつ》は俊夫君《としおくん》は栄吉《えいきち》の写真《しゃしん》を借《か》りるつもりできたのですが、母親《ははおや》をおこ
らせてしまったので、駄目《だめ》になってしまいました。

東京《とうきょう》へ帰《かえ》る汽車《きしゃ》のなかで俊夫君《としおくん》は小田《おだ》さんにいいました。

「P《ピー》の叔父《おじ》さん、東京《とうきょう》へ帰《かえ》ったらすぐ新聞記者《しんぶんきしゃ》をよんで、明日《あす》の新聞《しんぶん》にこう書《か》かしてください。××村《むら》の事件《じけん》は、塚原俊夫君《つかはらとしおくん》の取《と》り調《しら》べの結果《けっか》、継母《ままはは》が犯人《はんにん》でないという見込《みこ》みがつき、俊夫君《としおくん》は、その見込《みこ》みをたしかめるために、頭蓋骨《ずがいこつ》に肉《にく》づけすることにした。頭蓋骨《ずがいこつ》の肉《にく》づけは、日本《にほん》ではじめての試《こころ》みであるが、俊夫君《としおくん》のことだから、きっと見事《みごと》に成功《せいこう》するだろう。その結果《けっか》、殺《ころ》された少年《しょうねん》の顔《かお》がわかるはずだが、もし富三《とみぞう》でなかったら、事件《じけん》は意外《いがい》な方面《ほうめん》に発展《はってん》するかもしれない」

これまで俊夫君《としおくん》は一度《いちど》も自慢《じまん》したことがないのに、今日《きょう》にかぎって自《じ》慢《まん》するとは、どうしたわけでしょう。また、殺《ころ》されたのは、富三《とみぞう》でなくて他人《たにん》なのでしょうか？

頭蓋骨《ずがいこつ》の肉《にく》づけ

千葉県《ちばけん》××郡《ぐん》の山奥《やまおく》で掘《ほ》り出《だ》された、他殺死体《たさつしたい》の頭蓋骨《ずがいこつ》に、俊夫君《としおくん》が肉《にく》づけをするということが、新聞《しんぶん》に仰々《ぎょうぎょう》しく紹介《しょうかい》されると、満都《まんと》の人々《ひとびと》は、ひじょうな興味《きょうみ》と期待《きたい》とをもってその結果《けっか》を待《ま》ちかまえ、なかに気《き》の早《はや》い人《ひと》たちは、わたしたちの事務室《じむしつ》をたずねて、肉《にく》づけの模様《もよう》を見《み》せてくれとさえいってきましたが、俊夫君《としおくん》はいっさい、断《ことわ》ったばかりか、製作室《せいさくしつ》のなかへはわたしをさえも近《ちか》づけないで、自分《じぶん》ひとりで仕事《しごと》を始《はじ》めました。

ここでわたしは、頭蓋骨《ずがいこつ》の肉《にく》づけということをいちおう皆《みな》さんにお話《はな》ししておこうと思《おも》います。頭蓋骨《ずがいこつ》の肉《にく》づけと申《もう》しても、人間《にんげん》の肉《にく》をつけることではなく、一口《ひとくち》にいうと、頭蓋骨《ずがいこつ》の表面《ひょうめん》に一定《いってい》の物質《ぶっしつ》をぬりつけ

満都《まんと》の人々《ひとびと》…東京《とうきょう》のすべての人々《ひとびと》。

て、生《い》きていたときの顔《かお》を作《つく》りだすことであります。それには通常《つうじょう》、彫《ちょう》刻《こく》などに使用《しよう》される「プラスチリン」をぬるのがいちばん便利《べんり》であるといわれております。頭蓋骨《ずがいこつ》を見《み》ただけでは生前《せいぜん》どんな顔《かお》をした人《ひと》かはわかりませんが、肉《にく》づけをして、その人《ひと》の顔《かお》を知《し》った人《ひと》に見《み》せればすぐたれそれであるということがわかるから便利《べんり》であります。

この頭蓋骨《ずがいこつ》の肉《にく》づけということは決《けっ》して容易《ようい》な業《わざ》ではありませんが、従来《じゅうらい》、西洋《せいよう》で、肉《にく》づけに成功《せいこう》した人《ひと》は稀《まれ》ではありません。今《いま》から三十年《ねん》ほど前《まえ》ドイツのライプチッヒ市《し》の某教会《ぼうきょうかい》の墓地《ぼち》から、音楽家《おんがくか》バッハの遺《い》骨《こつ》が掘《ほ》り出《だ》されたときバッハの骨《こつ》がほかの人々《ひとびと》の骨《こつ》とまじりあっていましたので、頭蓋骨《ずがいこつ》に肉《にく》づけして判定《はんてい》することになり、解剖学者《かいぼうがくしゃ》のヒス教《きょう》授《じゅ》がその任《にん》にあたりましたが、教授《きょうじゅ》は彫刻家《ちょうこくか》のゼフネルを指導《しどう》して肉《にく》づけをさせましたところバッハ生前《せいぜん》の肖像《しょうぞう》に酷似《こくじ》した像《ぞう》ができあがったのでありますｏ あまりによく似《に》ているので、人々《ひとびと》は、ゼフネルが、たぶんひそかにバッハの肖像画《しょうぞうが》を見《み》て、それを参考《さんこう》にして作《つく》ったのだろうとうわさしたくらいです。もちろん写真《しゃしん》や肖像画《しょうぞうが》があれば、時《とき》として頭蓋骨《ずがいこつ》などなくても立派《りっぱ》に塑像《そぞう》を作《つく》ることができますけれど、肖像画《しょうぞうが》や写真《しゃしん》がなくとも、頭蓋骨《ずがいこつ》さえあれば、立派《りっぱ》に生前通《せいぜんどお》りの顔《かお》を作《つく》ることができるのであります。現《げん》に先年《せんねん》ニューヨークで、ある男《おとこ》の他殺死体《たさつしたい》が地中《ちちゅう》より掘《ほ》り出《だ》されたとき、何《なん》のたれともわからなかったので、ウィリアムズという警察《けいさつ》の探偵《たんてい》が頭蓋骨《ずがいこつ》の肉《にく》づけに成功《せいこう》して、その男《おとこ》の身許《みもと》がわかり、ついに犯人《はんにん》をもさがし出《だ》すことができたのであります。

さて、俊夫君《としおくん》は、かねて、これらのことを書物《しょもつ》で読《よ》んでおりまして、自分《じぶん》でも、実際《じっさい》の事件《じけん》にあたって、頭蓋骨《ずがいこつ》の肉《にく》づけをしてみたいと思《おも》っていたところですから、俊夫君《としおくん》はひじょうに喜《よろこ》び、大《おお》いに勇《いさ》んで仕事《しごと》に取《と》りかかりました。写真《しゃしん》を見《み》て、その写真通《しゃしんどお》りの顔《かお》を作《つく》ることはこれま

塑像《そぞう》…土《つち》や木《き》や石《いし》などで作《つく》った像《ぞう》。

でたびたび練習《れんしゅう》していましたが、頭蓋骨《ずがいこつ》に肉《にく》づけするのは今度《こんど》がはじめてで、しかも、俊夫君《としおくん》の肉《にく》づけが、事件《じけん》の解決《かいけつ》に重大《じゅうだい》な関係《かんけい》を持《も》っておるのですから、俊夫君《としおくん》は大《おお》いに自重《じちょう》しなければなりません。

俊夫君《としおくん》の持《も》ち帰《かえ》った頭蓋骨《ずがいこつ》は果《は》たして草野富三《くさのとみぞう》でありましょうか、わたしは俊夫君《としおくん》の探偵振《たんていぶ》りを見《み》たとき、俊夫君《としおくん》は富三《とみぞう》の頭蓋骨《ずがいこつ》でないと思《おも》っているなと推察《すいさつ》しました。もし富三《とみぞう》の頭蓋骨《ずがいこつ》でないとすれば、犯人嫌《はんにんけん》疑者《ぎしゃ》として捕《とら》えられた富三《とみぞう》の継母《ままはは》はただちに放免《ほうめん》されますが、すると、殺《ころ》されたのはだれでしょうか、富三《とみぞう》といっしょに行方不明《ゆくえふめい》になった津田《つだ》栄吉《えいきち》でしょうか。しかし、死体《したい》の着物《きもの》や帽子《ぼうし》や下駄《げた》はみんな富三《とみぞう》のものですから、もし殺《ころ》されたのが津田栄吉《つだえいきち》であるとすると、いったいそれは何《なに》を意味《いみ》するのでしょうか、いずれにしても待《ま》たれるものは俊夫君《としおくん》の肉《にく》づけの結果《けっか》です。さいわいに俊夫君《としおくん》は富三《とみぞう》の写真《しゃしん》を手《て》に入《い》れておりますから、肉《にく》づけの結果《けっか》、富三《とみぞう》であるかないかは、すぐにわかるはずであり

自重《じちょう》する…自分《じぶん》を戒《いまし》めて、軽率《けいそつ》にふるまわないようにする。

ます。

俊夫君《としおくん》は、田舎《いなか》から帰《かえ》った翌日《よくじつ》から寝室《しんしつ》の隣《となり》に設《もう》けられてある製作室《せいさくしつ》で何人《なんぴと》をも近《ちか》づけずに、終日《しゅうじつ》仕事《しごと》をいたしました。石膏《せっこう》やプラスチリンはかねてたくさん買《か》い入《い》れてありましたから、仕事《しごと》には何《なん》の不自由《ふじゆう》もなく、食事《しょくじ》のときなどは手《て》にベッタリ白《しろ》いものをつけたなり出《で》てきて、食事《しょくじ》がすむなり、すぐ製作室《せいさくしつ》にはいってゆきました。わたしはただ一人《ひとり》事務室《じむしつ》に残《のこ》され、かなり退屈《たいくつ》を感《かん》じましたが、うっかり製作室《せいさくしつ》へはいっていっては、どんなにおこられるか知《し》らないので、じっと辛棒《しんぼう》しておりました。Ｐ《ピー》の叔父《おじ》さんすなわち警視庁《けいしちょう》の小田刑事《おだけいじ》も待《ま》ちかねられたとみえて、たびたび、電話《でんわ》で肉《にく》づけの模様《もよう》をたずねてこられましたけれど、わたしはただ「もう少《すこ》しお待《ま》ちください」と返事《へんじ》するよりほかありませんでした。

　俊夫君《としおくん》が製作室《せいさくしつ》へこもってから二日目《ふつかめ》の夜《よ》のことです。俊夫君《としおくん》は、昼間《ひるま》の疲労《ひろう》でぐっすり寝入《ねい》りましたが、わたしは一日中《いちにちじゅう》なすこともなく暮《く》らしましたため、熟睡《じゅくすい》することができませんでした。でも十二時少《じすこ》し過《す》ぎに、やっと寝《ね》ついて、うとうととしたかと思《おも》うと、ふと、わたしは製《せい》作室《さくしつ》のなかでコトリという音《おと》がしたのに眼《め》をさましました。しばらく耳《みみ》をすましておりますと、どうも、鼠《ねずみ》ではないようですから、むくりと起《お》き上《あ》がって、しのび足《あし》で製作室《せいさくしつ》の扉《ドア》の方《ほう》へ近《ちか》よってゆきますと、やがて、製作室《せいさくしつ》のなかの音《おと》はやんでその代《か》わりに、地面《じめん》を走《はし》ってゆくような、どさどさという足音《あしおと》が聞《き》こえました。わたしははっと思《おも》って俊夫君《としおくん》をゆり起《お》こしました。

「俊夫君《としおくん》、起《お》きたまえ、製作室《せいさくしつ》へだれかはいったようだ！」

　俊夫君《としおくん》はがばと起《お》き上《あ》がり、すぐさま鍵《かぎ》を持《も》ってきて、製作室《せいさくしつ》の扉《ドア》をあけ、入《い》り口《ぐち》に備《そな》えてあるスイッチをひねると、製作室《せいさくしつ》は、ぱっと明《あか》るくなりましたが、なかはきれいに片《かた》づいていて、どこにも頭蓋骨《ずがいこつ》らしいものは置《お》いてありませんでした。が、隅《すみ》の方《ほう》のガラス窓《まど》が一枚《まいきまい》切り破《やぶ》られているの見《み》て、わたしはびっくりしました。とそのとき、俊夫君《としおくん》は、

「ヤッ、盗《と》られてしまった！」とさけびました。

「何《なに》を！」

「頭蓋骨《ずがいこつ》！」

「そりゃたいへんだ！」こういってわたしが俊夫君《としおくん》の顔《かお》を見《み》ますと、俊《とし》夫君《おくん》はいっこう残念《ざんねん》がりもせず、やがて、切《き》られた窓《まど》のところへかけよって、懐中電灯《かいちゅうでんとう》で地面《じめん》を照《て》らしましたが、別《べつ》に足跡《あしあと》などはありませんでした。しばらくの間《あいだ》、俊夫君《としおくん》は方々《ほうぼう》を検査《けんさ》しておりましたが、

「とうとうやってきたな！」

「えっ？」わたしはびっくりしました。

「来《く》るなら、今夜《こんや》あたりだと思《おも》った！」

「だれが？」とわたしはますます面喰《めんく》らいました。

「泥棒《どろぼう》がさ！」

こういって俊夫君《としおくん》はにやりと笑《わら》って床《ゆか》に装置《そうち》してある秘密《ひみつ》の箱《はこ》を開《ひら》いて、なかから問題《もんだい》の頭蓋骨《ずがいこつ》を取《と》り出《だ》しました。

「なーんだ、盗《と》られやせぬじゃないか？」とわたしは胸《むね》をなでおろしました。

「いや盗《と》られたよ、しかし、盗《と》られたのはこの替《か》え玉《だま》だ！　ぼくはこの頭蓋骨《ずがいこつ》の型《かた》を取《と》って石膏《せっこう》で同《おな》じものを作《つく》り、それをこの机《つくえ》の上《うえ》に出《だ》しておいたのだ。泥棒《どろぼう》はそれをほんとうの頭蓋骨《ずがいこつ》だと思《おも》って盗《と》っていったんだよ。石膏《せっこう》と本物《ほんもの》とを間違《まちが》えるくらいの泥棒《どろぼう》だから、兄《にい》さんにもたいてい見当《けんとう》がつくだろう？」

しかしわたしには少《すこ》しも見当《けんとう》がつきませんでした。その泥棒《どろぼう》はいったい何《なん》のために頭蓋骨《ずがいこつ》を盗《ぬす》みにきたのか。しかも、俊夫君《としおくん》はこれを予知《よち》し

替《か》え玉《だま》…本物《ほんもの》のように見《み》せかけた偽者《にせもの》。

ていたようにも見《み》える。

「もう、ほかに盗《ぬす》まれたものはないか」

しばらくしてわたしはたずねました。

「頭蓋骨《ずがいこつ》が目当《めあ》てなんだから、ほかのものは盗《と》っていかぬよ」

「君《きみ》はそれを知《し》っていたのか？」

「そうだ、実《じつ》は泥棒《どろぼう》を呼《よ》びよせたんだ」

「え？　どうして？」

「どうしてって、兄《にい》さん、わかってるはずじゃないか。新聞《しんぶん》にあのように大《おお》げさに書《か》いてもらったのはこの泥棒《どろぼう》を呼《よ》びよせるつもりだったよ」

「何《なん》のために呼《よ》びよせたのだい？」

俊夫君《としおくん》はずるそうに笑《わら》って、

「実《じつ》は泥棒《どろぼう》が来《く》るか来《こ》ぬかをためしただけだ！」

この泥棒《どろぼう》は果《は》たして何《なに》ものでしょうか。


さだめし…おそらく、たぶん。

デパートの前《まえ》

読者諸君《どくしゃしょくん》は、さだめし俊夫君《としおくん》の「肉《にく》づけ」の結果《けっか》を早《はや》く知《し》りたく思《おも》われましょう？　ことにわたしは同《おな》じ家《いえ》に住《す》まいながら、俊夫君《としおくん》の製作室《せいさくしつ》へはいってゆくことができぬのですから、ずいぶんじれったく思《おも》いました。ちょうど、製作室《せいさくしつ》へ泥棒《どろぼう》がはいって、偽物《にせもの》と知《し》らず、頭蓋骨《ずがいこつ》を盗《ぬす》み出《だ》していった翌々日《よくよくじつ》の午前《ごぜん》、俊夫君《としおくん》は、用《よう》ができたからといって、わたしに留守番《るすばん》をさせ、一人《ひとり》で外出《がいしゅつ》しましたが、およそ三時間《じかん》ほどして帰《かえ》りました。

「兄《にい》さん、いいものを見《み》せよう」

こういって取《と》り出《だ》したのは、四《よっ》つの義眼《いれめ》と一箱《ひとはこ》の短《みじか》く切《き》った頭髪《とうはつ》でした。

「何《なに》にするんだい？」

「これで眼《め》と頭《あたま》の毛《け》をこしらえるんだ。義眼《いれめ》は銀座《ぎんざ》で買《か》い、頭《あたま》の毛《け》は角《かど》

銀座《ぎんざ》…東京一《とうきょういち》の高級繁華街《こうきゅうはんかがい》。本作《ほんさく》が書《か》かれた当時《とうじ》(大正時代末期《たいしょうじだいまっき》)から多《おお》くの店舗《てんぽ》がそろっていたので、特殊《とくしゅ》な品物《しなもの》であっても、当地《とうち》に来《く》れば調達《ちょうたつ》可能《かのう》だったのであろう。

の床屋《とこや》でもらった」

「すると生《い》きた通《とお》りの顔《かお》にするのか？」

「そうだ、よく呉服屋《ごふくや》の飾窓《ショウウィンドウ》に並《なら》べてある蠟細工《ろうざいく》の人形《にんぎょう》のようにするんだ」

「しかし、義眼《いれめ》は四《よっ》つもいらぬだろう？」

俊夫君《としおくん》は狡猾《こうかつ》な笑《わら》いを浮《う》かべていいました。「このうちからよくあうのを選《えら》ぶんだよ」

「で、いつできあがるんだい」

「今日《きょう》の四時《じ》ごろ！」

「え、ほんとうか？」

「そうとも、だから、兄《にい》さん、Ｐ《ピー》の叔父《おじ》さんに四時《じ》にここへ来《き》てくださるよう電話《でんわ》をかけてくれ」

Ｐ《ピー》の叔父《おじ》さんすなわち小田刑事《おだけいじ》は三時半《じはん》に訪《たず》ねてこられました。俊夫《としお》君《くん》の製作《せいさく》の終《お》わるのを待《ま》つ間《あいだ》、小田《おだ》さんとわたしとは今回《こんかい》の事件《じけん》について語《かた》りあいました。わたしが先夜《せんや》、盗賊《とうぞく》がはいったこと、俊夫君《としおくん》がそれを予期《よき》していたことなどを告《つ》げると小田《おだ》さんはおどろかれました。

「どうでしょう。ぼくはあの頭蓋骨《ずがいこつ》が、草野富三《くさのとみぞう》のではあるまいと思《おも》いますが？」とわたしはたずねました。

「ぼくもそう思《おも》っているのです。いや、そう希望《きぼう》している」と、小田《おだ》さんは、従兄妹《いとこ》にあたる、富三《とみぞう》の継母《はは》の心中《しんちゅう》を思《おも》って、眼《め》をうるおして答《こた》えられました。

と、そのとき製作室《せいさくしつ》の扉《ドア》があいて俊夫君《としおくん》が呼《よ》びました。「兄《にい》さん、いよいよできあがったから、P《ピー》の叔父《おじ》さんといっしょに、こちらへ来《き》てくれ」

わたしたちは胸《むね》をおどらせながら、製作室《せいさくしつ》へはいってゆきました。中《ちゅう》央《おう》の机《つくえ》の上《うえ》には一個《こ》の男《おとこ》の子《こ》の首《くび》が置《お》かれてありました。わたしたちは思《おも》わず近寄《ちかよ》りました。近寄《ちかよ》ってわたしははっと立《た》ちすくみました。

「ヤッ、富三《とみぞう》だッ!!」と小田《おだ》さんはさけびました。いかにもそれは写真《しゃしん》で見《み》た富三《とみぞう》の顔《かお》と寸分《すんぶん》もちがわぬものでした。首《くび》はあたかも生《い》きているかのようでしたから、わたしは顔《かお》をそむけました。

小田《おだ》さんのおどろきはわたしよりもはるかに大《おお》きいようでした。それもそのはず、死骸《しがい》が富三《とみぞう》であれば、富三《とみぞう》を殺《ころ》したと白状《はくじょう》した継母《ままはは》のおふささんは、もはや救《すく》う余地《よち》がありません。小田《おだ》さんはしばらく呆然《ぼうぜん》として立《た》っておられました。

その心中《しんちゅう》を察《さっ》したのでしょう。俊夫君《としおくん》は小田《おだ》さんを製作室《せいさくしつ》から引《ひ》っ張《ぱ》り出《だ》して耳《みみ》に口《くち》を寄《よ》せて、長《なが》い間《あいだ》、何《なに》やらささやきました。すると小田《おだ》さんは、はじめて、にっこりして、さもさも安心《あんしん》したというような顔《かお》になりました。

「P《ピー》の叔父《おじ》さん、この首《くび》は明日《あす》から、神田《かんだ》の藤屋《ふじや》デパートの飾窓《ショウウィンドウ》に出《だ》して一般《いっぱん》に見《み》せることにしてください。そうしてそのことを新聞《しんぶん》に書《か》かせてください。それから明日《あす》は、富三《とみぞう》と栄吉《えいきち》のお母《かあ》さんを二人《ふたり》とも警視庁《けいしちょう》へよんできておいてください」

こういってから、俊夫君《としおくん》はわたしたちをしりぞかせ、まもなく首《くび》が二《ふた》つもはいるほどの大《おお》きな木箱《きばこ》を持《も》ってきて小田《おだ》さんに渡《わた》すと、小田《おだ》さんは勇《いさ》ましい歩調《ほちょう》で去《さ》りました。

あくる朝《あさ》の新聞《しんぶん》には、俊夫君《としおくん》が日本《にほん》ではじめて肉《にく》づけに成功《せいこう》したこと、肉《にく》づけの結果《けっか》、死体《したい》が富三《とみぞう》であること、および、肉《にく》づけの首《くび》が、午前《ごぜん》九時《じ》から藤屋《ふじや》デパートに陳列《ちんれつ》されることなどが、報《ほう》ぜられてありました。

わたしたちも九時《じ》までに藤屋《ふじや》デパートへゆくべく準備《じゅんび》しました。

「兄《にい》さん、今日《きょう》は一働《ひとはたら》きしてもらうよ」

「何《なん》だい？」

「このあいだの夜《よる》、ここへ来《き》た泥棒《どろぼう》をつかまえるのさ」

「え？　泥棒《どろぼう》？　どこにいる？」

「今日《きょう》、藤屋《ふじや》デパートへ来《く》るはずだよ」

わたしはびっくりしていろいろたずねましたが、意地《いじ》の悪《わる》い俊夫君《としおくん》はそれ以上話《いじょうはな》しませんでした。

わたしたちが藤屋《ふじや》デパートへゆくと、店《みせ》のなかも前《まえ》も群衆《ぐんしゅう》でいっぱいでした。店《みせ》のなかへはいると私服《しふく》の小田《おだ》さんが出《で》てきて、特別《とくべつ》の室《へや》へ導《みちび》いてくれました。すなわちその室《へや》のカーテンの蔭《かげ》に立《た》つと、群集《ぐんしゅう》の顔《かお》がよく見《み》える仕掛《しか》けになっているのでした。

「俊夫君《としおくん》、富三《とみぞう》と栄吉《えいきち》の二人《ふたり》の母《はは》はさっき警視庁《けいしちょう》へ連《つ》れてきたよ」と小《お》田《だ》さんはいいました。

「それはありがとう」

そこへ小田《おだ》さんの輩下《はいか》の、私服刑事《しふくけいじ》が二人《ふたり》はいってきて、小田《おだ》さんに打《う》ち合《あ》わせをして出《で》てゆきました。

やがて九時《じ》になったので藤屋《ふじや》の店員《てんいん》の手《て》で、飾窓《ショウウィンドウ》に富三《とみぞう》の首《くび》がすえつけられました。人々《ひとびと》はそのそばに置《お》かれた富三《とみぞう》の写真《しゃしん》と見較《みくら》べて驚嘆《きょうたん》の声《こえ》を発《はっ》しました。わたしたちはカーテンの蔭《かげ》から群集《ぐんしゅう》の顔《かお》をながめました。わたしは泥棒《どろぼう》がどんな顔《かお》をしているか早《はや》く見《み》たくてなりませんでしたが、俊夫君《としおくん》はいっこう教《おし》えてくれません。ちょうど時計《とけい》が十時半《じはん》になったとき、俊夫君《としおくん》は、

「やっ、来《き》た！」

といって隅《すみ》の方《ほう》を指《ゆび》さしました。そこには紺絣《こんがすり》を着《き》て鳥打帽《とりうちぼう》をかぶった十二三《じゅうにさん》の小僧《こぞう》が、一生懸命《いっしょうけんめい》肉《にく》づけの首《くび》を見《み》つめていましたが、わたしはその顔《かお》を見《み》てぎょっとしました。というのは、その顔《かお》が、なかの肉《にく》づけの首《くび》と寸分《すんぶん》もちがわなかったからです。

「それッ」という小田《おだ》さんの下知《げち》とともに、わたしたちが店《みせ》の前《さき》にかけだすと、すでに小僧《こぞう》は、さっきの二人《ふたり》の刑事《けいじ》によって捕《とら》えられておりました。

鳥打帽《とりうちぼう》…前《まえ》にひさしがついた平《ひら》たい帽子《ぼうし》。ハンチング。
下知《げち》…命令《めいれい》。げじに同《おな》じ。

その小僧《こぞう》を二人《ふたり》の刑事《けいじ》にまかせて、小田《おだ》さんとわたしたち二人《ふたり》は、一《ひと》足先《あしさき》に警視庁《けいしちょう》へ来《き》ました。母親二人《ははおやふたり》は一室《いっしつ》に待《ま》っておりましたが、栄吉《えいきち》の母《はは》は俊夫君《としおくん》の姿《すがた》を見《み》るなり、面《かお》をふくらませました。

富三《とみぞう》の母《はは》すなわちおふささんには、わたしたちははじめて対面《たいめん》しました。わたしは一目見《ひとめみ》てこんなやさしい人《ひと》に、どうして人殺《ひとごろ》しができようと思《おも》いました。母親二人《ははおやふたり》とも富三《とみぞう》の首《くび》が藤屋《ふじや》デパートで一般《いっぱん》の観覧《かんらん》に供《きょう》せられていることは知《し》りませんでした。

「P《ピー》の叔父《おじ》さん、あれを持《も》ってきてください」と俊夫君《としおくん》は小田《おだ》さんに申《もう》しました。

やがて小田刑事《おだけいじ》は、例《れい》の木箱《きばこ》を持《も》ってきました。俊夫君《としおくん》は、母親二人《ははおやふたり》を呼《よ》びよせていいました。

「山《やま》のなかから掘《ほ》り出《だ》された髑髏《しゃれこうべ》に肉《にく》をつけたのです。富三君《とみぞうくん》とはちが

髑髏《しゃれこうべ》…風雨《ふうう》にさらされた頭骨《とうこつ》。どくろ、されこうべ。

うようですから、だれの顔《かお》か判断《はんだん》してください」

こういって木箱《きばこ》のふたをあけ、なかから一《ひと》つの首《くび》を取《と》り出《だ》しました。

「栄吉《えいきち》ッ！」とさけんで栄吉《えいきち》の母親《ははおや》は、思《おも》わずその首《くび》を抱《だ》きあげました。

「山《やま》のなかに死《し》んでいたのは栄吉君《えいきちくん》です！」と俊夫君《としおくん》がおごそかにいいますと栄吉《えいきち》の母《はは》は、わッと声《こえ》をあげてその場《ば》に泣《な》き伏《ふ》しました。

富三《とみぞう》の母《はは》おふささんはぼんやりしてその場《ば》に立《た》ちすくみました。と、そこへ、どやどや足音《あしおと》がして、さっきの二人《ふたり》の刑事《けいじ》が、藤屋《ふじや》の前《まえ》で逮捕《たいほ》した小僧《こぞう》をつれてはいってきました。

「あッ、富《とみ》ちゃん、お前生《まえい》きていたのか？」こうさけんでおふささんがかけよろうとしますと、二人《ふたり》の刑事《けいじ》はそれをさえぎりました。富三《とみぞう》はさすがにはずかしいと見《み》えて、首《くび》を垂《た》れ、眼《め》をつむっておりました。

富三《とみぞう》の白状《はくじょう》したところによりますと、富三《とみぞう》と栄吉《えいきち》とは大正《たいしょう》十二年《ねん》八月《がつ》三十日《にち》に、おのおの家《うち》の金《かね》を五十円《えん》ずつ持《も》って東京《とうきょう》さして出《で》かけました

東京《とうきょう》さして…東京《とうきょう》に向《む》かって。東京《とうきょう》を目指《めざ》して。

が、腹《はら》の悪《わる》い富三《とみぞう》は栄吉《えいきち》の五十円《えん》をうばう目的《もくてき》で、甘言《かんげん》をもって、めったに人《ひと》のゆかぬ山奥《やまおく》へ、栄吉《えいきち》をさそいこみ、大胆《だいたん》にも栄吉《えいきち》を絞《し》め殺《ころ》して、金《かね》をうばい、顔《かお》の皮膚《ひふ》を傷《きず》つけてだれだかわからぬようにし、自分《じぶん》の服《ふく》装《そう》と栄吉《えいきち》のとを交換《こうかん》し、自分《じぶん》が殺《ころ》されたように見《み》せかけて東京《とうきょう》へ来《き》たのであります。それから彼《かれ》は二日後《ふつかご》の大震災《だいしんさい》も無事《ぶじ》で過《す》ごしましたが、その後《ご》悪《わる》い仲間《なかま》にさそわれて、本職《ほんしょく》の泥棒《どろぼう》になってしまったのです。ところが先日《せんじつ》、山奥《やまおく》から死骸《しがい》が掘《ほ》り出《だ》され、俊夫君《としおくん》が肉《にく》づけをするということが新聞《しんぶん》に出《で》たので、自分《じぶん》の罪《つみ》がばれるとたいへんだと思《おも》って、頭蓋骨《ずがいこつ》を盗《ぬす》みにきたのですが、俊夫君《としおくん》にだまされて偽物《にせもの》をつかんだので、少《すく》なからず心配《しんぱい》しておりますと、今日《きょう》の新聞《しんぶん》に肉《にく》づけの結果《けっか》が富三《とみぞう》だと出《で》たので、大《おお》いに安心《あんしん》して見《み》にきたところを、ついに捕《とら》えられてしまったのです。

富三《とみぞう》が逮捕《たいほ》された翌日《よくじつ》、小田刑事《おだけいじ》は俊夫君《としおくん》に礼《れい》に来《こ》られました。

甘言《かんげん》…相手《あいて》の気《き》に入《い》るように、口先《くちさき》だけでいう言葉《ことば》。

「はじめて、ぼくが頭蓋骨《ずがいこつ》に帽子《ぼうし》をかぶせたとき、帽子《ぼうし》が小《ちい》さすぎるのに不審《ふしん》をいだいたのです」と、俊夫君《としおくん》は語《かた》りました。「肉《にく》がくさりおちて骨《ほね》ばかりになれば帽子《ぼうし》がすこすこになるのが当然《あたりまえ》です。それから、死骸《しがい》と衣服《きもの》を見《み》ると泥《どろ》のついていない部分《ぶぶん》が、左側《ひだりがわ》にあるので、衣服《きもの》が左前《ひだりまえ》に着《き》せてあったことがわかります。衣服《きもの》を左前《ひだりまえ》に着《き》ているということは、子《こ》どもの手《て》で着《き》せたと考《かんが》えてしかるべきですからこれは富三《とみぞう》が栄吉《えいきち》を殺《ころ》して、自分《じぶん》が殺《ころ》されたように見《み》せかけたにちがいないとぼくは思《おも》ったのです。そこで、富三《とみぞう》がもし生《い》きておれば、どうせ悪《わる》い仲間《なかま》にはいっているにちがいないから、おびきだせるだろうと思《おも》って、新聞《しんぶん》に大《おお》げさに書《か》いてもらったところ、はたして、頭蓋骨《ずがいこつ》を盗《ぬす》みにきました。

富三《とみぞう》が生《い》きているとわかった以上《いじょう》、どうしても捕《とら》えねばならんと思《おも》ったのでぼくは富三《とみぞう》の写真《しゃしん》を見《み》て、あの首《くび》を作《つく》ったのです。それから、本《ほん》ものの頭蓋骨《ずがいこつ》に肉《にく》をつけてみると、富三《とみぞう》とはちがった顔《かお》でしたが、栄吉《えいきち》

すこすこになる…ぶかぶかになる。

衣服《きもの》が左前《ひだりまえ》…相手《あいて》から見《み》て左側《ひだりがわ》が上《うえ》にくる、着物《きもの》の着方《きかた》。本来《ほんらい》とは逆《ぎゃく》の着《き》方《かた》。53ページのイラスト参照《さんしょう》。

かどうかはぼくにもわからんので、栄吉《えいきち》の母《はは》に来《き》てもらったのです……」

×　　×　　×

かくて、この難事件《なんじけん》は俊夫君《としおくん》によって解決《かいけつ》され、富三《とみぞう》の継母《ままはは》おふささんはもちろん放免《ほうめん》されました。そうして、藤屋《ふじや》デパートにはさらに栄吉《えいきち》の首《くび》が陳列《ちんれつ》されて、一般《いっぱん》の観覧《かんらん》に供《きょう》せられることになりました。

かくて…こうして。このようにして。

彼《かれ》はどうかすると、ぜんぜん何《なん》の理由《りゆう》もないのに、そのときの彼《かれ》を思《おも》い出《だ》すことがある。

トロッコ

芥川龍之介《あくたがわりゅうのすけ》

芥川龍之介《あくたがわりゅうのすけ》　一八九二―一九二七

作者《さくしゃ》には三人《にん》の息子《むすこ》がおり、それぞれ比呂志《ひろし》・多加志《たかし》・也寸志《やすし》という名前《なまえ》でした。長男《ちょうなん》で俳優《はいゆう》として活躍《かつやく》した比呂志《ひろし》の回想《かいそう》によれば、作者《さくしゃ》は自分《じぶん》の名前《なまえ》を「たつのすけ」とまちがえて呼《よ》ばれるのをきらっていたそうです。それで息子《むすこ》たちには、呼《よ》びまちがえられないような名前《なまえ》をつけたということです。やさしい親心《おやごころ》ですね。しかし一方《いっぽう》で、七歳《さい》の比呂志《ひろし》に泳《およ》ぎを教《おし》えるのに、深《ふか》いところで放《ほう》り出《だ》すような荒《あら》っぽい一面《いちめん》もあったようです。

小田原《おだわら》熱海《あたみ》間《かん》に、軽便鉄道《けいべんてつどう》敷設《ふせつ》の工事《こうじ》が始《はじ》まったのは、良平《りょうへい》の八《やっ》つの年《とし》だった。良平《りょうへい》は毎日村《まいにちむら》はずれへ、その工事《こうじ》を見物《けんぶつ》にいった。工事《こうじ》を——といったところが、ただトロッコで土《つち》を運搬《うんぱん》する——それが面白《おもしろ》さに見《み》にいったのである。

トロッコの上《うえ》には土工《どこう》が二人《ふたり》、土《つち》を積《つ》んだ後《うし》ろにたたずんでいる。トロッコは山《やま》を下《くだ》るのだから、人手《ひとで》を借《か》りずに走《はし》ってくる。あおるように車台《しゃだい》が動《うご》いたり、土工《どこう》の袢天《はんてん》の裾《すそ》がひらついたり、細《ほそ》い線路《せんろ》がしなったり——良平《りょうへい》はそんなけしきをながめながら、土工《どこう》になりたいと思《おも》うことがある。せめては一度《いちど》でも土工《どこう》といっしょに、トロッコへ乗《の》りたいと思《おも》うこともある。トロッコは村《むら》はずれの平地《へいち》へ来《く》ると、自然《しぜん》とそこに止《と》まってしまう。と同時《どうじ》に土工《どこう》たちは、身軽《みがる》にトロッコを飛《と》びおりるが早《はや》いか、その線路《せんろ》の終点《しゅうてん》へ車《くるま》の土《つち》をぶちまける。それから今度《こんど》はトロッコを押《お》し押《お》し、もと来《き》た山《やま》の方《ほう》へ登《のぼ》りはじめる。良平《りょうへい》はそのとき乗《の》れないま

軽便鉄道《けいべんてつどう》…一般《いっぱん》の鉄道《てつどう》より簡便《かんべん》な規格《きかく》で作《つく》られた鉄道《てつどう》。
土工《どこう》…土木工事《どぼくこうじ》にやとわれた労働者《ろうどうしゃ》。
袢天《はんてん》…印袢天《しるしばんてん》のこと。雇《やと》い主《ぬし》が使用人《しようにん》に着用《ちゃくよう》させる上《うわ》っぱり。

でも、押《お》すことさえできたらと思《おも》うのである。

ある夕方《ゆうがた》、――それは二月《がつ》の初旬《しょじゅん》だった。良平《りょうへい》は二《ふた》つ下《した》の弟《おとうと》や、弟《おとうと》と同《おな》じ年《とし》の隣《となり》の子《こ》どもと、トロッコの置《お》いてある村《むら》はずれへ行《い》った。トロッコは泥《どろ》だらけになったまま、薄明《うすあか》るいなかに並《なら》んでいる。が、そのほかはどこを見《み》ても、土工《どこう》たちの姿《すがた》は見《み》えなかった。三人《にん》の子《こ》どもはおそるおそる、いちばん端《はし》にあるトロッコを押《お》した。トロッコは三人《にん》の力《ちから》がそろうと、突然《とつぜん》ごろりと車輪《しゃりん》をまわした。良平《りょうへい》はこの音《おと》にひやりとした。しかし二度目《どめ》の車輪《しゃりん》の音《おと》は、もう彼《かれ》をおどろかさなかった。ごろり、ごろり、――トロッコはそういう音《おと》とともに、三人《にん》の手《て》に押《お》されながら、そろそろ線路《せんろ》を登《のぼ》っていった。

そのうちにかれこれ十間《けん》ほど来《く》ると、線路《せんろ》の勾配《こうばい》が急《きゅう》になりだした。トロッコも三人《にん》の力《ちから》では、いくら押《お》しても動《うご》かなくなった。どうかすれば車《くるま》といっしょに、押《お》しもどされそうにもなることがある。良平《りょうへい》はもう

十間《けん》…間《けん》は長《なが》さの単位《たんい》。1間《けん》は約《やく》1.82メートル。18〜19メートルほどの長《なが》さ。
勾配《こうばい》…傾斜《けいしゃ》。かたむき。

よいと思《おも》ったから、年下《としした》の二人《ふたり》にあいずをした。

「さあ、乗《の》ろう！」

彼《かれ》らは一度《いちど》に手《て》をはなすと、トロッコの上《うえ》へ飛《と》び乗《の》った。トロッコは最初《さいしょ》おもむろに、それからみるみる勢《いきお》いよく、一息《ひといき》に線路《せんろ》を下《くだ》りだした。そのとたんにつきあたりの風景《ふうけい》は、たちまち両側《りょうがわ》へ分《わ》かれるように、ずんずん目《め》の前《まえ》へ展開《てんかい》してくる。顔《かお》にあたる薄暮《はくぼ》の風《かぜ》、足《あし》の下《した》におどるトロッコの動揺《どうよう》、――良平《りょうへい》はほとんど有頂天《うちょうてん》になった。

しかしトロッコは二、三分《ぷん》ののち、もうもとの終点《しゅうてん》に止《と》まっていた。

「さあ、もう一度《いちど》押《お》すじゃあ」

良平《りょうへい》は年下《としした》の二人《ふたり》といっしょに、またトロッコを押《お》し上《あ》げにかかった。が、まだ車輪《しゃりん》も動《うご》かないうちに、突然彼《とつぜんかれ》らの後《うし》ろには、だれかの足音《あしおと》が聞《き》こえだした。のみならずそれは聞《き》こえだしたと思《おも》うと、急《きゅう》にこういうどなり声《ごえ》に変《か》わった。


薄暮《はくぼ》…まだ薄明《うすあ》かりが残《のこ》った夕暮《ゆうぐ》れ。たそがれ。

「この野郎《やろう》！　だれに断《ことわ》ってトロにさわった？」

そこには古《ふる》い印袢天《しるしばんてん》に、季節《きせつ》はずれの麦藁帽《むぎわらぼう》をかぶった、背《せ》の高《たか》い土《ど》工《こう》がたたずんでいる。――そういう姿《すがた》が目《め》にはいったとき、良平《りょうへい》は年下《としした》の二人《ふたり》といっしょに、もう五、六間逃《けんに》げ出《だ》していた。――それぎり良平《りょうへい》は使《つか》いの帰《かえ》りに、人気《ひとけ》のない工事場《こうじば》のトロッコを見《み》ても、二度《にど》と乗《の》ってみようと思《おも》ったことはない。ただそのときの土工《どこう》の姿《すがた》は、今《いま》でも良平《りょうへい》の頭《あたま》のどこかに、はっきりした記憶《きおく》を残《のこ》している。薄明《うすあか》りのなかに仄《ほの》めいた、小《ちい》さい黄色《きいろ》の麦藁帽《むぎわらぼう》、――しかしその記憶《きおく》さえも、年《とし》ごとに色彩《しきさい》は薄《うす》れるらしい。

その後《のち》十日《とおか》余《あま》りたってから、良平《りょうへい》はまたたった一人《ひとり》、午過《ひるす》ぎの工事場《こうじば》にたたずみながら、トロッコの来《く》るのをながめていた。すると土《つち》を積《つ》んだトロッコのほかに、枕木《まくらぎ》を積《つ》んだトロッコが一輛《りょう》、これは本線《ほんせん》になるはずの、太《ふと》い線路《せんろ》を登《のぼ》ってきた。このトロッコを押《お》しているのは、二人《ふたり》

仄《ほの》めいた…ほのかに見える。

とも若《わか》い男《おとこ》だった。良平《りょうへい》は彼《かれ》らを見《み》たときから、何《なん》だか親《した》しみやすいような気《き》がした。「この人《ひと》たちならばしかられない」――彼《かれ》はそう思《おも》いながら、トロッコのそばへかけていった。

「おじさん。押《お》してやろうか？」

そのなかの一人《ひとり》、――縞《しま》のシャツを着《き》ている男《おとこ》は、うつむきにトロッコを押《お》したまま、思《おも》ったとおり快《こころよ》い返事《へんじ》をした。

「おお、押《お》してくよう」

良平《りょうへい》は二人《ふたり》の間《あいだ》にはいると、力《ちから》いっぱい押《お》しはじめた。

「われはなかなか力《ちから》があるな」

他《た》の一人《ひとり》、――耳《みみ》に巻煙草《まきたばこ》をはさんだ男《おとこ》も、こう良平《りょうへい》をほめてくれた。

そのうちに線路《せんろ》の勾配《こうばい》は、だんだん楽《らく》になりはじめた。「もう押《お》さなくともよい」――良平《りょうへい》は今《いま》にもいわれるかと内心《ないしん》気《き》がかりでならなかった。

が、若《わか》い二人《ふたり》の土工《どこう》は、前《まえ》よりも腰《こし》を起《お》こしたぎり、黙黙《もくもく》と車《くるま》を押《お》しつ

われ…ここでは相手《あいて》を見下《みくだ》して呼《よ》ぶ語《ご》。お前《まえ》。

づけていた。良平《りょうへい》はとうとうこらえきれずに、おずおずこんなことをたずねてみた。

「いつまでも押《お》していていい？」

「いいとも」

二人《ふたり》は同時《どうじ》に返事《へんじ》をした。良平《りょうへい》は「やさしい人《ひと》たちだ」と思《おも》った。

五、六町余《ちょうあま》り押《お》しつづけたら、線路《せんろ》はもう一度急勾配《いちどきゅうこうばい》になった。そこには両側《りょうがわ》の蜜柑畑《みかんばたけ》に、黄色《きいろ》い実《み》がいくつも日《ひ》を受《う》けている。

「登《のぼ》り路《みち》の方《ほう》がいい、いつまでも押《お》させてくれるから」——良平《りょうへい》はそんなことを考《かんが》えながら、全身《ぜんしん》でトロッコを押《お》すようにした。

蜜柑畑《みかんばたけ》の間《あいだ》を登《のぼ》りつめると、急《きゅう》に線路《せんろ》は下《くだ》りになった。縞《しま》のシャツを着《き》ている男《おとこ》は、良平《りょうへい》に「やい、乗《の》れ」といった。良平《りょうへい》はすぐに飛《と》び乗《の》った。トロッコは三人《にん》が乗《の》り移《うつ》ると同時《どうじ》に、蜜柑畑《みかんばたけ》の匂《にお》いをあおりながら、ひたすべりに線路《せんろ》を走《はし》りだした。「押《お》すよりも乗《の》る方《ほう》がずっといい」——

五、六町…町《ちょう》は距離《きょり》の単位《たんい》。丁《ちょう》に同《おな》じ。１町《ちょう》は約《やく》109メートル。545〜654メートルほどの距離《きょり》。

良平《りょうへい》は羽織《はおり》に風《かぜ》をはらませながら、当《あ》たり前《まえ》のことを考《かんが》えた。「行《い》きに押《お》すところが多《おお》ければ、帰《かえ》りにまた乗《の》るところが多《おお》い」――そうもまた考《かんが》えたりした。

竹藪《たけやぶ》のあるところへ来《く》ると、トロッコは静《しず》かに走《はし》るのを止《や》めた。三人《にん》はまた前のように、重《おも》いトロッコを押《お》しはじめた。竹藪《たけやぶ》はいつか雑木林《ぞうきばやし》になった。爪先上《つまさきあ》がりのところどころには、赤錆《あかさび》の線路《せんろ》も見《み》えないほど、落《お》ち葉《ば》のたまっている場所《ばしょ》もあった。その路《みち》をやっと登《のぼ》りきったら、今《こん》度《ど》は高《たか》い崖《がけ》の向《む》こうに、広広《ひろびろ》と薄《うす》ら寒《さむ》い海《うみ》が開《ひら》けた。と同時《どうじ》に良平《りょうへい》の頭《あたま》には、あまり遠《とお》く来《き》すぎたことが、急《きゅう》にはっきりと感《かん》じられた。

三人《にん》はまたトロッコへ乗《の》った。車《くるま》は海《うみ》を右《みぎ》にしながら、雑木《ぞうき》の枝《えだ》の下《した》を走《はし》っていった。しかし良平《りょうへい》はさっきのように、面白《おもしろ》い気《き》もちにはなれなかった。「もう帰《かえ》ってくれればいい」――彼《かれ》はそうも念《ねん》じてみた。が、行《い》くところまで行《い》きつかなければ、トロッコも彼《かれ》らも帰《かえ》れないことは、

羽織《はおり》…着物《きもの》の上《うえ》に着《き》る、たけの短《みじか》い上着《うわぎ》。

もちろん彼《かれ》にもわかりきっていた。

その次《つぎ》に車《くるま》の止《と》まったのは、切《き》り崩《くず》した山《やま》を背負《せお》っている、藁屋根《わらやね》の茶店《ちゃみせ》の前《まえ》だった。二人《ふたり》の土工《どこう》はその店《みせ》へはいると、乳呑《ちの》み児《ご》をおぶった上《かみ》さんを相手《あいて》に、ゆうゆうと茶《ちゃ》などを飲《の》みはじめた。良平《りょうへい》はひとりいらいらしながら、トロッコのまわりをまわってみた。トロッコには頑丈《がんじょう》な車台《しゃだい》の板《いた》に、はねかえった泥《どろ》が乾《かわ》いていた。

しばらくの後《のち》茶店《ちゃみせ》を出《で》てきしなに、巻煙草《まきたばこ》を耳《みみ》にはさんだ男《おとこ》は、(そのときはもうはさんでいなかったが)トロッコのそばにいる良平《りょうへい》に新聞紙《しんぶんがみ》に包《つつ》んだ駄菓子《だがし》をくれた。良平《りょうへい》は冷淡《れいたん》に「ありがとう」といった。が、すぐに冷淡《れいたん》にしては、相手《あいて》にすまないと思《おも》い直《なお》した。彼《かれ》はその冷淡《れいたん》さを取《と》りつくろうように、包《つつ》み菓子《がし》の一《ひと》つを口《くち》へ入《い》れた。菓子《かし》には新聞紙《しんぶんがみ》にあったらしい、石油《せきゆ》の匂《にお》いがしみついていた。

三人《にん》はトロッコを押《お》しながらゆるい傾斜《けいしゃ》を登《のぼ》っていった。良平《りょうへい》は車《くるま》に

出《で》てきしなに…出《で》てきながら。出《で》てくる途中《とちゅう》で。

手《て》をかけていても、心《こころ》はほかのことを考《かんが》えていた。

その坂《さか》を向《む》こうへ下《お》りきると、また同《おな》じような茶店《ちゃみせ》があった。土工《どこう》たちがそのなかへはいった後《あと》、良平《りょうへい》はトロッコに腰《こし》をかけながら、帰《かえ》ることばかり気《き》にしていた。茶店《ちゃみせ》の前《まえ》には花《はな》のさいた梅《うめ》に、西日《にしび》の光《ひかり》が消《き》えかかっている。「もう日《ひ》が暮《く》れる」——彼《かれ》はそう考《かんが》えると、ぼんやり腰《こし》かけてもいられなかった。トロッコの車輪《しゃりん》をけってみたり、一人《ひとり》では動《うご》かないのを承知《しょうち》しながらうんうんそれを押《お》してみたり、——そんなことに気《き》もちをまぎらせていた。

ところが土工《どこう》たちは出《で》てくると、車《くるま》の上《うえ》の枕木《まくらぎ》に手《て》をかけながら、無造作《むぞうさ》に彼《かれ》にこういった。

「われはもう帰《かえ》んな。おれたちは今日《きょう》は向《む》こう泊《ど》まりだから」

「あんまり帰《かえ》りがおそくなるとわれの家《うち》でも心配《しんぱい》するずら」

良平《りょうへい》は一瞬間呆気《いっしゅんかんあっけ》にとられた。もうかれこれ暗《くら》くなること、去年《きょねん》の暮《く》れ母《はは》と岩村《いわむら》まで来《き》たが、今日《きょう》の途《みち》はその三、四倍《ばい》あること、それを今《いま》からたった一人《ひとり》、歩《ある》いて帰《かえ》らなければならないこと、——そういうことが一時《いちじ》にわかったのである。良平《りょうへい》はほとんど泣《な》きそうになった。が、泣《な》いても仕方《しかた》がないと思《おも》った。泣《な》いている場合《ばあい》ではないとも思《おも》った。彼《かれ》は若《わか》い二人《ふたり》の土工《どこう》に、取《と》ってつけたようなお時宜《じぎ》をすると、どんどん線路伝《せんろづた》いに走《はし》りだした。

良平《りょうへい》はしばらく無我夢中《むがむちゅう》に線路《せんろ》のそばを走《はし》りつづけた。そのうちにふところの菓子包《かしづつ》みが、邪魔《じゃま》になることに気《き》がついたから、それを路《みち》ばたへ抛《ほ》り出《だ》すついでに、板草履《いたぞうり》もそこへ脱《ぬ》ぎ捨《す》ててしまった。すると薄《うす》い足袋《たび》の裏《うら》へじかに小石《こいし》が食《く》いこんだが、足《あし》だけははるかに軽《かる》くなった。彼《かれ》は左《ひだり》に海《うみ》を感《かん》じながら、急《きゅう》な坂路《さかみち》をかけのぼった。時時涙《ときどきなみだ》がこみあげてくると、自然《しぜん》に顔《かお》がゆがんでくる。——それは無理《むり》に我慢《がまん》しても、鼻《はな》だけはたえずくうくう鳴《な》った。

お時宜《じぎ》…頭《あたま》を下《さ》げること。礼《れい》。お辞儀《じぎ》に同《おな》じ。
抛《ほ》り出《だ》す…投《な》げ出《だ》す。放《ほう》り出《だ》すに同《おな》じ。
板草履《いたぞうり》…裏《うら》にうすい板《いた》を取《と》りつけたぞうり。

竹藪《たけやぶ》のそばをかけぬけると、夕焼《ゆうや》けのした日金山《ひがねやま》の空《そら》も、もう火照《ほて》りが消《き》えかかっていた。良平《りょうへい》はいよいよ気《き》が気《き》でなかった。往《ゆ》きと返《かえ》りと変《か》わるせいか、景色《けしき》のちがうのも不安《ふあん》だった。すると今度《こんど》は着物《きもの》までも、汗《あせ》のぬれとおったのが気《き》になったから、やはり必死《ひっし》にかけつづけたなり、羽織《はおり》を路《みち》ばたへぬいで捨《す》てた。

蜜柑畑《みかんばたけ》へ来《く》るころには、あたりは暗《くら》くなる一方《いっぽう》だった。「命《いのち》さえ助《たす》かれば」――良平《りょうへい》はそう思《おも》いながら、すべってもつまずいても走《はし》っていった。やっと遠《とお》い夕闇《ゆうやみ》のなかに、村《むら》はずれの工事場《こうじば》が見《み》えたとき、良平《りょうへい》は一思《ひとおも》いに泣《な》きたくなった。しかしそのときもべそはかいたが、とうとう泣《な》かずにかけつづけた。

彼《かれ》の村《むら》へはいってみると、もう両側《りょうがわ》の家家《いえいえ》には、電灯《でんとう》の光《ひかり》がさしあっていた。良平《りょうへい》はその電灯《でんとう》の光《ひかり》に、頭《あたま》から汗《あせ》の湯気《ゆげ》の立《た》つのが、彼自身《かれじしん》にもはっきりわかった。井戸端《いどばた》に水《みず》をくんでいる女衆《おんなしゅう》や、畑《はたけ》から帰《かえ》ってく

火照《ほて》り…夕焼《ゆうや》けの赤《あか》い色《いろ》のこと。

る男衆《おとこしゅう》は、良平《りょうへい》があえぎあえぎ走《はし》るのを見《み》ては、「おいどうしたね？」などと声《こえ》をかけた。が、彼《かれ》は無言《むごん》のまま、雑貨屋《ざっかや》だの床屋《とこや》だの、明《あか》るい家《いえ》の前《まえ》を走《はし》りすぎた。

彼《かれ》の家《うち》の門口《かどぐち》へかけこんだとき、良平《りょうへい》はとうとう大声《おおごえ》に、わっと泣《な》きださずにはいられなかった。その泣《な》き声《ごえ》は彼《かれ》の周囲《まわり》へ、一時《いちじ》に父《ちち》や母《はは》を集《あつ》まらせた。ことに母《はは》は何《なん》とかいいながら、良平《りょうへい》の体《からだ》をかかえるようにした。が、良平《りょうへい》は手足《てあし》をもがきながら、すすりあげすすりあげ泣《な》きつづけた。その声《こえ》があまりはげしかったせいか、近所《きんじょ》の女衆《おんなしゅう》も三、四人《にん》、薄暗《うすぐら》い門口《かどぐち》へ集《あつ》まってきた。父母《ちちはは》はもちろんその人《ひと》たちは、口口《くちぐち》に彼《かれ》の泣《な》くわけをたずねた。しかし彼《かれ》は何《なん》といわれても泣《な》き立《た》てるよりほかに仕方《しかた》がなかった。あの遠《とお》い路《みち》をかけとおしてきた、今《いま》までの心細《こころぼそ》さをふりかえると、いくら大声《おおごえ》に泣《な》きつづけても、足《た》りない気《き》もちにせまられながら、……………

良平《りょうへい》は二十六の年《とし》、妻子《さいし》といっしょに東京《とうきょう》へ出《で》てきた。今《いま》ではある雑誌社《ざっししゃ》の二階《かい》に、校正《こうせい》の朱筆《しゅふで》をにぎっている。が、彼《かれ》はどうかすると、ぜんぜん何《なん》の理由《りゆう》もないのに、そのときの彼《かれ》を思《おも》い出《だ》すことがある。ぜんぜん何《なん》の理由《りゆう》もないのに？——塵労《じんろう》につかれた彼《かれ》の前《まえ》には今《いま》でもやはりそのときのように、薄暗《うすぐら》い藪《やぶ》や坂《さか》のある路《みち》が、細細《ほそぼそ》と一《ひと》すじ断続《だんぞく》している。……………

校正《こうせい》…文字《もじ》の誤《あやま》りを見《み》つけ、正《ただ》すこと。誤《あやま》りは赤字《あかじ》で訂正《ていせい》するため、朱筆《しゅふで》、朱《しゅ》を入《い》れるなどという言《い》い方《かた》をする。
塵労《じんろう》につかれた…世間《せけん》のわずらわしいつきあいにくたびれた。

はい、現《げん》に見《み》た者《もの》も何人《なんにん》あるか知《し》れません。

幽霊小家《ゆうれいごや》

押川春浪《おしかわしゅんろう》

押川春浪《おしかわしゅんろう》　一八七六―一九一四

本作《ほんさく》は、春浪《しゅんろう》が三十一歳《さい》のときに書《か》かれました。このころ、作者《さくしゃ》の人気《にんき》はたいへん高《たか》く、たくさんの雑誌《ざっし》に作品《さくひん》を発表《はっぴょう》していました。また、スポーツの振興《しんこう》にも熱心《ねっしん》で、学生野球界《がくせいやきゅうかい》のもと花形選手《はながたせんしゅ》や柔道家《じゅうどうか》、作家《さっか》、画家《がか》、ジャーナリストらに呼《よ》びかけ、スポーツ社交団体《しゃこうだんたい》「天狗倶楽部《てんぐくらぶ》」を設立《せつりつ》しました。明治末期《めいじまっき》、新聞《しんぶん》に「野球害毒論《やきゅうがいどくろん》」が載《の》った際《さい》、猛烈《もうれつ》に反対《はんたい》し、勤《つと》めていた出版社《しゅっぱんしゃ》と意見《いけん》が衝突《しょうとつ》すると、退社《たいしゃ》をしてまで自説《じせつ》を曲《ま》げませんでした。

一　探検旅行隊《たんけんりょこうたい》（山中《さんちゅう》の水車小家《すいしゃごや》）

身軽《みがる》に旅《たび》じたくした一隊《いったい》二十一名《めい》の日本人《にほんじん》は、今《いま》咸鏡道《かんきょうどう》でもごくさびしい、長平山《ちょうへいざん》と聖伏山《せいふくざん》との間《あいだ》を旅行《りょこう》している。この一隊《いったい》はいかなるものかというに、日本《にほん》で名高《なだか》い荒井理学博士《あらいりがくはかせ》の発起《ほっき》で、今年《こんねん》の暑中休暇《しょちゅうきゅうか》を利用《りよう》し、探検旅行《たんけんりょこう》にとこの国《くに》へ来《き》たものである、されば一隊中《いったいちゅう》には、学者《がくしゃ》もあれば政治家《せいじか》もあり、文士《ぶんし》もあれば書家《しょか》もあり、おのおの好《す》きなことを研究《けんきゅう》しながら、すこぶる愉快《ゆかい》に旅行《りょこう》しているのである。

しかるにこの探検隊《たんけんたい》に、ほかの人《ひと》とはよほどちがって、二人《ふたり》の年若《としわか》い学生《がくせい》のまじっているのが見《み》える、一人《ひとり》は武村猛雄《たけむらたけお》といって、当年《とうねん》十六歳《さい》、色白《いろしろ》く眼《まなこ》すずしき美少年《びしょうねん》であるが、体力衆《たいりょくしゅう》にひいで、遠《とお》からず柔道《じゅうどう》も初段《しょだん》になろうという健男児《けんなんじ》、ほかの一人《ひとり》は舟橋俊一《ふなばししゅんいち》といい、齢《とし》は猛雄少年《たけおしょうねん》

咸鏡道《かんきょうどう》…朝鮮半島《ちょうせんはんとう》の地名《ちめい》のひとつ。現在《げんざい》の北朝鮮《きたちょうせん》の最北部地域《さいほくぶちいき》。

体力衆《たいりょくしゅう》にひいで…体力《たいりょく》は他《た》の人《ひと》たちよりひときわずばぬけていて。

遠《とお》からず…まもなく。近《ちか》いうちに。

と同年《どうねん》、色浅黒《いろあさぐろ》く凜々《りり》たる容貌《ようぼう》で、野球界《やきゅうかい》と端艇界《たんていかい》とには、その名《な》を知《し》られている選手《せんしゅ》である。

二人《ふたり》はともに荒井理学博士《あらいりがくはかせ》の甥《おい》にあたるので、探検旅行隊《たんけんりょこうたい》の壮挙《そうきょ》を聞《き》くと、たがいにいいあわして同行《どうこう》をたのみ、博士《はかせ》が微笑《びしょう》をうかべながら首《かぶり》をふり、

「君《きみ》らはまだ少年《しょうねん》だから、とてもわたしらといっしょになって、困難《こんなん》の多《おお》い旅行《りょこう》にはたえられまい」というを、二人《ふたり》は一生懸命《いっしょうけんめい》に打《う》ち消《け》し、

「ナアニ大丈夫《だいじょうぶ》です、ぼくらは少年《しょうねん》でも、髭《ひげ》の生《は》えている先生《せんせい》たちより、モット威勢《いせい》よく旅行《りょこう》してごらんにいれます」と、とうとう博士《はかせ》を説《と》き落《お》とし、ようやく一行《いっこう》に加《くわ》わることをゆるされたのである、なるほどその言《げん》のごとく、二少年《しょうねん》は長《なが》い旅行《りょこう》の間《あいだ》、一行中《いっこうちゅう》でもっとも元気《げんき》よく、ほかの人々《ひとびと》がみなつかれた時分《じぶん》にも、まだピンピンしておって、髭先生《ひげせんせい》たちを笑《わら》わせさわがせ、旅行隊中《りょこうたいちゅう》の人気者《にんきもの》になっている。

凜々《りり》たる…きりっとして勇《いさ》ましい。
端艇界《たんていかい》…ボート（何人《なんにん》かがオールでこいで進《すす》む洋船《ようせん》）の世界《せかい》。

　この旅行隊《りょこうたい》が日本《にほん》を出発《しゅっぱつ》したのは、今《いま》から一か月《げつ》ほど以前《いぜん》で、はじめ露《ロ》領《りょう》ウラジオストックへ渡《わた》り、それから豆満江《とうまんこう》に沿《そ》うて鐘城《しょうじょう》に出《い》で、魚潤川《ぎょじゅんがわ》を過《す》ぎ甲山《こうざん》をこえ、その道中《どうちゅう》にはずいぶん変《か》わったこともあって、学者《がくしゃ》や政治家《せいじか》たちは奇妙《きみょう》な風俗習慣《ふうぞくしゅうかん》などをしらべ、文士《ぶんし》は自慢《じまん》の旅行日記《りょこうにっき》や詩歌《しいか》を作《つく》り、画家《がか》は面白《おもしろ》い山水《さんすい》の景色《けしき》などを幾枚《いくまい》も写生《しゃせい》して、今来《いまき》かかったところはこの山間《さんかん》の平原《へいげん》、ふりかえって見《み》ると長平山《ちょうへいざん》は遠《とお》く雲烟《うんえん》に包《つつ》まれ前途《ぜんと》にはけわしい聖伏山《せいふくざん》がそびえている、その麓《ふもと》まで来《き》たとき、日《ひ》はとっぷりと暮《く》れ、十三夜《じゅうさんや》の月《つき》は山《やま》の端《は》に現《あらわ》れた、今夜《こんや》は美《うつく》しい月夜《つきよ》であるらしい。

「叔父《おじ》さん、どうです、月夜《つきよ》に乗《じょう》じて、一《ひと》つ山越《やまご》えをやりましょうか」と二少年《しょうねん》は動議《どうぎ》を提出《ていしゅつ》した。

「いヤ、閉口閉口《へいこうへいこう》、わたしらはもう足《あし》が棒《ぼう》になった」と、博士《はかせ》は腰《こし》をさすった、ほかの人々《ひとびと》もみな足《あし》が棒《ぼう》になった連中《れんちゅう》なので、閉口閉口《へいこうへいこう》と、少《しょう》

露領《ロりょう》…露《ロ》はロシア。ここではロシア領内《りょうない》のという意《い》。
山水《さんすい》…山《やま》と水《みず》(川《かわ》)の風景《ふうけい》。自然《しぜん》のけしき。
雲烟《うんえん》…雲《くも》とかすみ。

年《ねん》の動議《どうぎ》はたちまち否決《ひけつ》された。

「だから、髭《ひげ》の先生《せんせい》たちは駄目《だめ》だ」と、少年組《しょうねんぐみ》は大気焔《だいきえん》である。

しかしとにかく一同《いちどう》はつかれたので、どこかに泊《と》まる家《いえ》はないかと見《み》渡《わた》すと、この山麓《さんろく》の西北数町《せいほくすうちょう》はなれて、木《こ》の間《ま》がくれに一《ひと》つの村《むら》がある、そこにたどりついてみると、村《むら》のなかほどにただ一軒《けん》の古《ふる》びた宿屋《やどや》があった、ほとんど破屋同然《あばらやどうぜん》だが、この辺《あた》りへは時々旅商人《ときどきたびあきんど》などの来《く》るものと見《み》え、二十人《にん》くらいはどうにかして泊《と》まれるようだ。

一行《いっこう》はまずこれで野宿《のじゅく》だけはのがれたと、その宿屋《やどや》に腰《こし》を落《お》ち着《つ》け、田舎料理《いなかりょうり》だが、空腹《すきはら》には何《なん》でもかんでもみなうまく、夕食《ゆうしょく》を終《お》わってそろそろ寝《ね》ようとする段《だん》になり、博士《はかせ》は宿屋《やどや》のおやじを呼《よ》んで、

「何《なに》かこの辺《あた》りに珍奇《ちんき》な話《はなし》はないか」と問《と》うた。

一行《いっこう》は一か月余《げつあま》りの旅行中《りょこうちゅう》、必要《ひつよう》にせまられいつとはなしに、話《はなし》も少《すこ》しくらいはわかるようになったのだ。

大気焔《だいきえん》…たいへんに意気《いき》さかんなさま。大《おお》いなるやる気《き》。
木の間がくれに《こまがくれに》…木《き》と木《き》のあいだに見《み》えかくれしながら。
破屋《あばらや》…荒《あ》れはてた家《いえ》。

問《と》われておやじは頭《あたま》をなでまわし、

「はい、かくべつ変《か》わった話《はなし》もありませぬが」と、前置《まえお》きしながらも、近《ちか》ごろ村《むら》で三本脚《ぼんあし》の馬《うま》の生《う》まれたことや、婚礼《こんれい》のときお嫁様《よめさま》が水《みず》をぶっかけられる奇妙《きみょう》な習慣《しゅうかん》などを語《かた》り終《お》わり、もう何《なに》か話《はな》すことはないかと考《かんが》えるふうであったが、何《なに》を思《おも》い出《だ》したかたちまちポンとひざを打《う》って、

「イヤ、それよりまだまだ不思議《ふしぎ》なことがございます」

「どんなことだ」と博士《はかせ》は巻煙草《まきたばこ》に火《ひ》をつけた。

「ほかでもございません、聖伏山中《せいふくざんちゅう》の幽霊小家《ゆうれいごや》の話《はなし》でございます」

「フーム、幽霊小家《ゆうれいごや》?」

「その幽霊小家《ゆうれいごや》と申《もう》すは、ここから一里半《りはん》ばかり、この村《むら》のはずれから北《きた》へ北《きた》へと、けわしい山路《やまみち》をのぼってまいりますと、道《みち》は二筋《ふたすじ》に分《わ》かれてその左《ひだり》の方《ほう》の路《みち》、十五六町《じゅうごろくちょう》も行《い》って山《やま》と山《やま》との間《あいだ》、ちょうどすり鉢《ばち》のような谷間《たにま》にございますので、以前《もと》は一家内《いっかない》五人住《にんす》まっていた水車小家《すいしゃごや》で

段《だん》になり…状況《じょうきょう》になり。

一里半《りはん》…里《り》は距離《きょり》の単位《たんい》。１里《り》は約《やく》3.93キロメートル。１里半《りはん》は約《やく》5.9キロメートル。

ございましたが、今《いま》から六七年前《ろくしちねんまえ》に何者《なにもの》のためにか、一家内《いっかない》みな一夜《いちや》のうちに殺《ころ》されてしまい、それからというもの、毎晩幽霊《まいばんゆうれい》が出《で》るのでだれも住《す》まう者《もの》はなく、今《いま》はおそろしい破家《あばらや》になっているのでございます」

「どんな幽霊《ゆうれい》だ」と一行中《いっこうちゅう》でいちばん臆病者《おくびょうもの》の評判《ひょうばん》をとった一画家先生《いちがかせんせい》ははや顔色《かおいろ》を変《か》えて問《と》うた。

「それがでございます、その水車小家《すいしゃごや》は前《まえ》にも申《もう》す通《とお》りもう破家《あばらや》になって水《みず》も堰止《せきと》められて流《なが》れてこず、また一陣《いちじん》の風《かぜ》のないときでも、毎晩真《まいばんま》夜半《よなか》になりますと、水車《みずぐるま》はあたかも生《い》きているように、いかにもさびしい悲《かな》しい音《おと》を立《た》て、ギギー、ギギー、ギギー、ギギーと、自然《しぜん》にまわるのでございます、そうしてその水車《みずぐるま》の蔭《かげ》から白《しろ》い幽霊《ゆうれい》の姿《すがた》が現《あらわ》れ、うらめしそうに幾度《いくど》も小家《こや》の周囲《まわり》をまわっているということでございます、はい、現《げん》に見《み》た者《もの》も何人《なんにん》あるか知《し》れません、ただ見《み》たばかりならよいが、幽霊《ゆうれい》の正体《しょうたい》を見届《みとど》けるとか何《なん》とかいって、よせばいいのにものずきにも、

一陣《いちじん》の風《かぜ》…ひとしきり吹《ふ》く風《かぜ》。

真夜半《まよなか》に水車小家《すいしゃごや》へ向《む》かった者《もの》も二三人《にさんにん》ありましたが、その者《もの》らはそれッきり帰《かえ》ってまいりません、たしかに幽霊《ゆうれい》に取《と》り殺《ころ》されたものに相違《そうい》なく、それでその水車小家《すいしゃごや》の近辺《きんぺん》へは今《いま》では日中《にっちゅう》でもこわがってまいる者《もの》のないほどでございます」

「面白《おもしろ》い面白《おもしろ》い、さっそく探検《たんけん》に行《い》こうではありませんか」と、ほとんど同時《どうじ》にさけんだのは、年少気鋭《ねんしょうきえい》の猛雄少年《たけおしょうねん》と俊一少年《しゅんいちしょうねん》とである。

博士《はかせ》は煙草《たばこ》を吹《ふ》かしながら幽霊小家《ゆうれいごや》の話《はなし》をきき、

「そんなばかなことがあるものか」とつぶやいていたが、二少年《しょうねん》が探検《たんけん》に行《い》こうとさけびだした声《こえ》をきいて呵々《かか》と大笑《たいしょう》し、

「若《わか》い者《もの》はそれだからいかん！」と、おやじにはわからぬ日本語《にほんご》で、

「君《きみ》らはこんなばかな話《はなし》をきいて何《なに》をさわぐのだ、田舎《いなか》のおやじ、何《なに》をいうかわかるものか、幽霊《ゆうれい》のこの世《よ》に存在《そんざい》していないくらいのことは学《がく》問《もん》をした君《きみ》らのとくに知《し》っているはずだ、幽霊話《ゆうれいばなし》を聞《き》いて探検《たんけん》などとさ

呵々《かか》と大笑《たいしょう》し…大声《おおごえ》で笑《わら》い。

とくに…すでに。とっくに。

わぐより、早《はや》く寝《ね》たまえ、明日《あす》はまた十里《り》以上歩《いじょうある》かなければならんよ」

おやじは言語《ことば》がわからぬので、眼《め》をパチクリパチクリさせておるばかり、髭先生《ひげせんせい》たちはもちろん、平生《ふだん》ならば知《し》らずつかれきった今《いま》、ものずきな探検《たんけん》に行《い》こうなどという者《もの》は一人《ひとり》もない。

二少年《しょうねん》は不平《ふへい》でたまらぬが、大人《おとな》のいうことだから反対《はんたい》もできず、また博士《はかせ》のいうことはいちおう道理千万《もっともせんばん》で、議論《ぎろん》したとて勝《か》てる見込《みこ》みもないから、

「それでは仕方《しかた》がない、寝《ね》るとしよう」と、それより一同《いちどう》は三組《くみ》に別《わか》れ猛雄少年《たけおしょうねん》と俊一少年《しゅんいちしょうねん》とは、別々《べつべつ》の室《へや》へ入《はい》って眠《ねむ》ることになった。

猛雄少年《たけおしょうねん》は博士《はかせ》らと同《おな》じ室《へや》に入《はい》って寝《ね》たが、博士《はかせ》もほかの髭先生《ひげせんせい》らも、昼《ひる》の疲労《つかれ》がはげしかったものと見《み》え、横《よこ》になるとすぐ鼾声雷《かんせいらい》のごとく寝《ね》こんでしまう、しかし猛雄少年《たけおしょうねん》はなかなか眠《ねむ》られぬ、決《けっ》して幽霊話《ゆうれいばなし》におじ気《け》のついたためではない、不思議《ふしぎ》で不思議《ふしぎ》でたまらぬからだ、少年《しょうねん》と

道理千万《もっともせんばん》…ひじょうに筋《すじ》が通《とお》っていること。まったくその通《とお》り。

鼾声雷《かんせいらい》のごとく…雷《かみなり》のような大《おお》いびきで。

ても、幽霊《ゆうれい》の存在《そんざい》していないくらいは百《ひゃく》も承知《しょうち》しているが、あの幽霊話《ゆうれいばなし》をしたおやじは朴訥《ぼくとつ》そうな人間《にんげん》で、まんざら根《ね》も葉《は》もないうそをいったとは思《おも》われぬ、現《げん》にその水車小家《すいしゃごや》で幽霊《ゆうれい》を見《み》たという者《もの》も数人《すうにん》あり、また探検《たんけん》に行《い》った者《もの》は、それッきり帰《かえ》らぬという以上《いじょう》は、そこに何《なに》か不思《ふし》議《ぎ》なことがあるに相違《そうい》ない、こんなことを考《かんが》えると夜《よ》が更《ふ》けてもなかなか眠《ねむ》られず、右《みぎ》に左《ひだり》に寝返《ねがえ》りしていたが、ついにたまらず、「ヨシ！　一人《ひとり》で探検《たんけん》に行《い》こう」と決心《けっしん》した、今《いま》は夜《よる》の十一時前後《じぜんご》だから、一里《り》半《はん》の山《やま》路《みち》いかにけわしくとも急《いそ》げは零時半《れいじはん》ごろには目的《もくてき》の場所《ばしょ》へ達《たっ》することができるだろう、つぶさに水車小家《すいしゃごや》の有《あ》り様《さま》を探検《たんけん》し、果《は》たして不思議《ふしぎ》なものが現《あらわ》れるか否《いな》かを見定《みさだ》め、夜《よ》の明《あ》けぬうちに再《ふたた》び帰《かえ》ってきたならば、一行《いっこう》の出発《しゅっぱつ》におくれることはあるまいと考《かんが》えたので、かく決心《けっしん》を固《かた》めると、彼《かれ》は博士《はかせ》らの寝息《ねいき》をうかがって寝床《ねどこ》をはいだし、身軽《みがる》に服装《みじたく》を整《ととの》え、旅行用《りょこうよう》の仕込杖《しこみづえ》をひっさげて、ひそかに宿屋《やどや》をぬけだした。

朴訥《ぼくとつ》…無口《むくち》で、かざり気《け》のないこと。
かく決心《けっしん》**を**…こう決心《けっしん》を。
仕込杖《しこみづえ》…なかに刀《かたな》をしこんだ杖《つえ》。

先刻《せんこく》おやじの話《はなし》により、水車小家《すいしゃごや》への路《みち》は記憶《きおく》しているので、村《むら》はずれから北《きた》に向《む》かって折《お》れ、月光《つきあかり》をたよりに、だんだん山路《やまみち》をのぼっていくに、そのけわしいことは予想《よそう》に倍《ばい》し、断崖《がけ》の崩《くず》れたところもあれば、巌石《がんせき》の今《いま》にも頭上《ずじょう》から落《お》ちてきそうな絶壁《ぜっぺき》あり、あるいは森林《しんりん》の下《した》を過《す》ぎ、あるいは独木橋《まるきばし》の上《うえ》を渡《わた》り、もう一里《り》くらいは来《き》たと思《おも》うところで、路《みち》は二筋《ふたすじ》に分《わ》かれ、そこに一《ひと》つの立《た》て札《ふだ》が立《た》っておる、二三年以来《にさんねんこのかた》雨露《あめつゆ》にさらされ、木色《ぼくしょく》も黒《くろ》ずんで明《あき》らかにはわからぬが、月《つき》の光《ひかり》によくよく見《み》れば、猛雄少年《たけおしょうねん》も近《ちか》ごろようやく覚《おぼ》えた文字《もじ》で、

「これより左《ひだり》の路《みち》を進《すす》めばおそろしき場所《ばしょ》あり、何人《なんぴと》も立《た》ち入《い》るなかれ」

と記《しる》してある。

「ハハア、これを行《い》けばよいのだな」と、猛雄少年《たけおしょうねん》は少《すこ》しもおそるる気《き》色《しょく》はなく、仕込杖《しこみづえ》を武者修行者《むしゃしゅぎょうしゃ》のように腰《こし》に帯《お》び、その左《ひだり》の路《みち》をとって進《すす》むに路《みち》は今《いま》までにもまさってけわしく、草《くさ》ぼうぼうと行途《ゆくて》もわからぬ

独木橋《まるきばし》…川《かわ》に一本《いっぽん》の丸木《まるき》をわたして橋《はし》にみたてたもの。
武者修行者《むしゃしゅぎょうしゃ》…諸国《しょこく》をまわって、武術《ぶじゅつ》の修業《しゅぎょう》をしてあるく人《ひと》。

ほど生《は》えておるのは、長《なが》い間人跡《あいだじんせき》の絶《た》えていたことを示《しめ》し、この辺《あた》り往時《むかし》は虎《とら》や狼《おおかみ》の現《あらわ》れた場所《ばしょ》、今《いま》はそんな猛獣《もうじゅう》はいぬだろうが、遠《とお》く怪鳥《かいちょう》のなく声《こえ》など実《じつ》にものすごい。

ところで猛雄少年《たけおしょうねん》はこの分《わ》かれ路《みち》に入《はい》り、草《くさ》をふみわけ二三町《にさんちょう》も進《すす》んだと思《おも》うころ、たちまち前方四五十間《ぜんぽうしごじっけん》はなれて、一《ひと》つのただならぬものが眼《め》に入《はい》った、それは行途《ゆくて》の方《かた》を歩《ある》いている一《ひと》つの黒影《くろかげ》で、たしかに人間《にんげん》である、そして水車小家《すいしゃごや》の方角《ほうがく》に向《む》かって歩《ある》いていたのであるが、こなたの足音《あしおと》でも耳《みみ》に入《はい》ったのかフトふりむいたと思《おも》うと、急《きゅう》にその姿《すがた》は路傍《みちばた》の樹蔭《こかげ》に見《み》えなくなった。

「奇怪《きかい》な奴《やつ》！」と、猛雄少年《たけおしょうねん》は行歩《あゆみ》をとどめ、今《いま》ごろこんなさびしい場《ば》所《しょ》へ来《く》る奴《やつ》は、決《けっ》して尋常《じんじょう》の者《もの》ではない、あれがまさかおやじの語《かた》った幽霊《ゆうれい》ではあるまいが、何《なに》しろ怪《あや》しい奴《やつ》である、これは油断《ゆだん》がならんと思《おも》うので、自分《じぶん》も大木《たいぼく》の蔭《かげ》に身《み》をかくし、しばし様子《ようす》をうかがっていたが、

こなた…こちら。
尋常《じんじょう》の者《もの》…普通《ふつう》の人《ひと》。
しばし…少《すこ》しのあいだ。

五分《ふん》たっても六分《ぶん》たっても七分《ふん》八分《ぶん》、やがて十分《ぷん》たっても、かの黒影《くろかげ》は再《ふた》び出《で》てこないので、性急《せっかち》の猛雄少年《たけおしょうねん》はもう辛棒《しんぼう》しておられず、

「怪物《かいぶつ》め、どこへ行《い》ってしまったのだろう、ウムぼくは、少《すこ》しもこわいとは思《おも》っておらぬのだが、やはり神経《しんけい》を起《お》こして、あんな幻影《まぼろし》を見《み》たのかも知《し》れん、ああそうだ神経《しんけい》だ神経《しんけい》だ」と、彼《かれ》は自分《じぶん》で自分《じぶん》を笑《わら》い、ただちに大木《たいぼく》の蔭《かげ》を出《で》て平然《へいぜん》として、なおも水車小家《すいしゃごや》の方《ほう》に向《む》かって路《みち》を急《いそ》ぎ、かの怪物《かいぶつ》のかくれたと覚《おぼ》しき場所《ばしょ》の前《まえ》を過《す》ぎたが、何《なん》の物音《ものおと》もきこえず何《なに》ごともないので、いよいよ安心《あんしん》してさらに進《すす》み、この辺《あた》り大木《たいぼく》が路《みち》の左右《さゆう》から枝《えだ》をまじえ、物《もの》の形《かたち》も明《あき》らかにわからぬ暗《くら》い場所《ばしょ》まで来《き》たときだ、たちまちかたわらの物蔭《ものかげ》から不意《ふい》に現《あらわ》れ、疾風《しっぷう》のごとく猛雄《たけお》少年《しょうねん》に飛《と》びかかって、その胸《むな》ぐらをムンズと引《ひ》っつかんだ者《もの》がある。

これにはさすがの猛雄少年《たけおしょうねん》も戦慄《ぎょっ》とした。

二　五《いっ》つの髑髏《されこうべ》（無人《むじん》の小家《こや》に蠟燭《ろうそく》の火《ひ》）

幽霊小家《ゆうれいごや》も間近《まぢか》になったとき、路傍《みちばた》の物蔭《ものかげ》から不意《ふい》に現《あらわ》れ、ものをもいわず胸《むな》ぐらを引《ひ》っつかんだ者《もの》があるので、これにはさすがの猛雄少年《たけおしょうねん》も一時戦慄《いちじせんりつ》としたが、柔道修練《じゅうどうしゅうれん》の健男児《けんなんじ》、ヤッと一声《ひとこえ》すくい投《な》げを打《う》ち、残《のこ》ったところをけかえさんとしたが、その瞬間《しゅんかん》木《こ》の間《ま》をもる一道《いちどう》の月光《つきあかり》は、サッと二人《ふたり》の顔《かお》を照《て》らした、たがいに見合《みあ》わす顔《かお》と顔《かお》、二人《ふたり》は同時《どうじ》におどろきの声《こえ》を放《はな》って、

「ヤッ、君《きみ》は猛雄君《たけおくん》でないか」

「ヤッ、君《きみ》は俊一君《しゅんいちくん》でないか」

「どうして君《きみ》はこんなところへ来《き》たのだ」と、猛雄少年《たけおしょうねん》は相手《あいて》を引《ひ》っつかんだ手《て》を放《はな》して問《と》うた。

けかえさんとしたが…けって、ひっくりかえそうとしたが。

「実《じっ》はさっき宿屋《やどや》のおやじの話《はなし》をきき、不思議《ふしぎ》で不思議《ふしぎ》でたまらぬから、こっそり幽霊小家《ゆうれいごや》の探検《たんけん》にきたのだよ」

「ウム、そうか、ぼくもその幽霊小家《ゆうれいごや》の探検《たんけん》に来《き》たのだよ、こんなことなら最初《はじめ》からいっしょに来《く》ればよかった」

「そうだ、ぼくはよっぽど君《きみ》をさそおうかと思《おも》ったが、何《なに》しろ不思議《ふしぎ》な場所《ばしょ》へ来《く》るのだから、万一危難《まんいちきなん》の起《お》こった場合《ばあい》、ぼく一人《ひとり》なら死《し》んでも仕方《しかた》がないが君《きみ》をさそいだして危難《きなん》の分配《おすそわけ》をしてはならぬと思《おも》ったので、ぼく一人《ひとり》で探検《たんけん》に来《く》ることにしたのだ」

「ぼくもそうだ、ところで君《きみ》はなぜ背後《あと》から来《き》たぼくの姿《すがた》を見《み》て、急《きゅう》に木蔭《こかげ》に姿《すがた》をかくしたのだ」

「それがさ、ぼくはまさか、君《きみ》が背後《あと》から来《こ》ようとは思《おも》わない、ここまで来《き》てから背後《うしろ》をふりむくと、しのび足《あし》にやってくる黒《くろ》い人影《ひとかげ》が見《み》えるだろう、テッキリ奇怪《きかい》な奴《やつ》だと思《おも》うので、木蔭《こかげ》にかくれて様子《ようす》をうかがうと、君《きみ》もすぐに姿《すがた》をかくしたろう、いよいよ曲者《くせもの》に相違《そうい》ないと考《かんが》えたから、ここに待《ま》ち伏《ぶ》せて急《きゅう》に引《ひ》っ捕《とら》え、白状《はくじょう》させたら幽霊小家《ゆうれいごや》の秘密《ひみつ》もわかるだろうと、さてこそ飛《と》び出《だ》して滑稽《こっけい》な組《く》み討《う》ちをやったのさ」

「ああそうか、ぼくはまた、君《きみ》を怪物《かいぶつ》と疑《うたぐ》ったのだ、とにかくここで会《あ》ったのは実《じつ》に愉快《ゆかい》だ。サアこれからいっしょに探検《たんけん》しよう」と、それより二人《ふたり》は相《あい》たずさえ、何《なに》しろ不思議《ふしぎ》な場所《ばしょ》に入《はい》りこむのだから、注意《ちゅうい》に注意《ちゅうい》を加《くわ》え、足音《あしおと》も立《た》てぬよう歩《あゆ》みだしたが、山路《やまみち》はこの辺《へん》からだんだん下《くだ》り坂《ざか》になって、やがて立《た》て札《ふだ》のところから十五六町《じゅうごろくちょう》も来《き》たと思《おも》うころ、四面山《しめんやま》に囲《かこ》まれ、ちょうどすり鉢《ばち》の底《そこ》のようになっている谷間《たにま》へ来《き》た、ここはおやじの語《かた》った地形《ちけい》に相違《そうい》ないので、幽霊小家《ゆうれいごや》はどこかと見《み》まわせば、ここは月《つき》の光《ひかり》も完全《かんぜん》には射《さ》しこまず、もうろうとして実《じつ》に陰《いん》気《き》な場所《ばしょ》であるが、と見《み》るこの谷底《たにぞこ》の東《ひがし》の端《はし》、前《まえ》に一流《いちりゅう》の谷河《たにがわ》をひかえ、後《うし》ろにけずれるごとき絶壁《ぜっぺき》を負《お》うて、一軒《けん》の古《ふる》びた水車小家《すいしゃごや》の立《た》ってい

曲者《くせもの》…えたいのしれない者《もの》。あやしい者《もの》。

さてこそ…考《かんが》えたとおり。

と見《み》る…ふと見《み》るとの意《い》。

るのが眼《め》に入《はい》った。

「あれだ！」と、猛雄少年《たけおしょうねん》は指《ゆび》さした。

二人《ふたり》はしばし眼《まなこ》も放《はな》たずそこをながめておったが、俊一少年《しゅんいちしょうねん》は何《なに》を見《み》つけたかおどろき怪《あや》しむ様子《ようす》で、

「オイ、あの閉《と》ざされた扉《と》の隙間《すきま》から、かすかに灯火《ともしび》の光《ひかり》がもれているではないか」

「そうだ、ぼくも不思議《ふしぎ》でたまらんのだ、数年以来《すうねんこのかた》住《す》む人《ひと》もないという幽霊小家《ゆうれいごや》から、あんな灯火《あかり》のもれているのは合点《がてん》がいかぬ、あの扉口《とぐち》にしのびよってなかをのぞいてみようではないか」

「よかろう、しかしずいぶん危険《きけん》だから、少《すこ》しも物音《ものおと》を立《た》てぬように近《ちか》よらねばならぬ」と、それより二人《ふたり》は亀《かめ》の子《こ》のように地面《じめん》をはい、かの谷河《たにがわ》の前《まえ》まで行《い》ってみると、そこにはなかば朽《く》ちた独木橋《まるきばし》がかかっているので、その独木橋《まるきばし》をもはうようにして渡《わた》り、ようやくのことで小家《こや》の

眼《まなこ》も放《はな》たず…目《め》もはなさず。

合点《がてん》がいかぬ…納得《なっとく》がいかない。事情《じじょう》がよくわからない。

扉口《とぐち》にしのびより、古《ふる》び裂《さ》けた隙間《すきま》からそっと内部《なか》をのぞいてみると、内部《なか》には一丁《ちょう》の蠟燭《ろうそく》がボンヤリとともっているばかり、人《ひと》のいる気勢《けはい》などは少《すこ》しもない。

「オイ、火《ひ》はともっているが、やっぱり住《す》む者《もの》はないのだ、さっそく入《はい》ってみようではないか」と、性急《せっかち》の猛雄少年《たけおしょうねん》は、すぐに手《て》をのばして扉《と》を開《あ》けようとした。

「待《ま》て、待《ま》て、自然《しぜん》に蠟燭《ろうそく》のともっているはずはない、また幽霊《ゆうれい》が火《ひ》をつけておくわけもないから、何《なに》か奇怪《きかい》な秘密《ひみつ》がひそんでいるのだろう、モット辛棒《しんぼう》してよく様子《ようす》を見定《みさだ》め、いよいよ危険《きけん》がないとわかってからゆるゆる入《はい》ってもおそくはあるまい」と俊一少年《しゅんいちしょうねん》は思慮深《しりょぶか》く制《せい》し、なおも様子《ようす》をうかがうこと十五六分《じゅうごろっぷん》、しかし内部《なか》は相変《あいか》わらず寂莫《しーん》として、人間《にんげん》はおろか生《い》けるものは、虫一《むしいっ》ぴきすらおらぬ様子《ようす》なので、もう大丈夫《だいじょうぶ》と二人《ふたり》は静《しず》かに立《た》ち上《あ》がり、扉《と》を押《お》し開《あ》けて内部《なか》へ入《はい》りこむと、とたん！　蠟燭《ろうそく》の火《ひ》はゆらゆらと青《あお》く燃《も》え上《あ》がって消《き》えた、しかしこれは何《なに》も怪《あや》しむに足《た》らぬ、扉《と》が開《あ》いて一陣《いちじん》の風《かぜ》がスーと吹《ふ》きこんだので、その風《かぜ》のために火《ひ》は消《き》えたのだ、けれど急《きゅう》に室内《しつない》のまっ暗《くら》になったため、二人《ふたり》は一時大《いちじおお》いにまごつき、

「オイ、燐寸《マッチ》を持《も》ってこなかったか」と、猛雄少年《たけおしょうねん》が手探《てさぐ》りにその辺《あた》りをなでまわした。

「そんなことにぬけ目《め》があるものか、ちゃんと持《も》ってきた」と、俊一少年《しゅんいちしょうねん》は衣袋《ポケット》から燐寸《マッチ》を取《と》り出《だ》し、蠟燭《ろうそく》に以前《いぜん》のごとく火《ひ》を点《てん》じ、二人《ふたり》はグルグル室内《しつない》を見《み》まわすに、この小家《こや》にはこの室《へや》のほかに一室《いっしつ》もなく、外《そと》の大《おお》きな水車《みずぐるま》の軸《じく》が室内《しつない》まで突《つ》き入《い》って、ここは元来人《がんらいひと》の住《す》まうために造《つく》られたのではなく、数年以前《すうねんいぜん》まで麦《むぎ》や米《こめ》をつく労役場《ろうえきじょう》で、生活《せいかつ》になれたる水車小家《すいしゃごや》の一家族《いちかぞく》は、その隅《すみ》の方《ほう》に蓆《むしろ》をしいて起居《ききょ》していたものと思《おも》われる。その代《か》わり広《ひろ》いことはなかなか広《ひろ》く、屋根《やね》は高《たか》くして天井《てんじょう》に

ぬけ目《め》がある…気配《きくば》りのたりないところがある。手《て》ぬかりがある。
起居《ききょ》…立《た》ったりすわったりすること。日常《にちじょう》の生活《せいかつ》を送《おく》ること。

は、ばかに太《ふと》い梁《うつばり》が渡《わた》してあるばかりだ。

ぼんやりとした蠟燭《ろうそく》の光《ひかり》では、室《へや》の隅《すみ》から隅《すみ》まではよくわからぬけれど、なるほどここは一目《ひとめ》見《み》て、数年以来《すうねんこのかた》住《す》む人《ひと》のなかった場所《ばしょ》と思《おも》われる、柱《はしら》はかたむき、壁《かべ》もところどころ崩《くず》れ落《お》ち、床《ゆか》は一面《いちめん》に塵埃《ちり》におおわれて、実《じっ》に惨憺《さんたん》たる有《あ》り様《さま》である。しかしまたよく注意《ちゅうい》すると、ここには今《いま》の今《いま》まで、何者《なにもの》かが住《す》まっていたような形跡《けいせき》も見《み》える。それはなぜかというに、第一蠟燭《だいいちろうそく》のとぼっていたこと、第二《だいに》には室《へや》のなかほどに、数枚《すうまい》のきたない蓙《ござ》がしいてあって、その上《うえ》に破《やぶ》れた茶碗《ちゃわん》や、口《くち》の欠《か》けた土瓶《どびん》などの転《ころ》がっていることだ、試《こころ》みにその土瓶《どびん》を取《と》り上《あ》げ、口《くち》を下《した》にして見《み》たところが、数滴《すうてき》の水《みず》がタラタラと流《なが》れ落《お》ちた、まさか幽霊《ゆうれい》の小便《しょうべん》ではあるまい。

「いよいよ不思議《ふしぎ》な場所《ばしょ》だ、モットよく詮索《せんさく》してみよう」と、二人《ふたり》はなおも室中《へやじゅう》を見《み》まわすと、北《きた》の隅《すみ》の方《ほう》には、何《なん》だか押入《おしい》れみたいなものが

梁《うつばり》…柱《はしら》の上《うえ》にわたして、家《いえ》の骨組《ほねぐ》みをうける横木《よこぎ》。はり。
蠟燭《ろうそく》のとぼって…蠟燭《ろうそく》がともって。
詮索《せんさく》…細《こま》かいところまでよく探《さが》し調《しら》べること。

二《ふた》つ三《みっ》つ見《み》える。

「あの押入《おしい》れを開《あ》けてみよう」と、俊一少年《しゅんいちしょうねん》は蠟燭《ろうそく》を持《も》って先《さき》に立《た》ち、押入《おしい》れのもっとも隅《すみ》の一《ひと》つを引《ひ》き開《あ》け、二人《ふたり》は蠟燭《ろうそく》とともに顔《かお》を差《さ》し入《い》れて一目見《ひとめみ》たが、同時《どうじ》にアッとおどろいて二三歩《にさんぽ》引《ひ》きさがった。

おどろいたのも無理《むり》はない、押入《おしい》れの奥《おく》の方《ほう》には、五《いつ》つ白《しろ》い円《まる》いものの並《なら》んでいるのが見《み》える、よく見《み》るとそれは五《いっ》つの髑髏《されこうべ》なのだ、胴《どう》や手《て》足《あし》の骸骨《がいこつ》はなく、ただ首《くび》ばかり並《なら》んでいるので、歯《は》をむきだし、鼻《はな》と眼《め》とのところは大《おお》きな穴《あな》になって、眼玉《めだま》はむろんないけれど、うらみを帯《お》びてこなたをにらんでいる様子《ようす》。

「ああ気味《きみ》が悪《わる》い、何《なん》の髑髏《されこうべ》だろう」と、猛雄少年《たけおしょうねん》は俊一少年《しゅんいちしょうねん》の顔《かお》を見《み》た。

「人間《にんげん》の髑髏《されこうべ》さ」

「人間《にんげん》の髑髏《されこうべ》はわかっているが、何者《なにもの》の髑髏《されこうべ》だろう」

「ぼく思《おも》うに、さっき宿屋《やどや》のおやじが話《はな》したろう、数年以前《すうねんいぜん》この水車小《すいしゃご》家《や》の一家族五人《いちかぞくごにん》は、一夜《いちや》のうちに何者《なにもの》にかみな殺《ころ》されたというたろう、その殺《ころ》された家族五人《かぞくごにん》の髑髏《されこうべ》ではあるまいか」
「そうだ、そうだ、そうにちがいない、髑髏《されこうべ》になっても、あのうらめしそうな面《つら》つきでわかる」
「髑髏《されこうべ》にうれしそうな面《つら》つきがあるものか、みんなあんな面《つら》つきをしているのだ」と、俊一少年《しゅんいちしょうねん》は微笑《びしょう》をうかべて、
「しかしなるほどどうらめしそうに見《み》えるなア、きっと殺《ころ》した奴《やつ》は山賊《さんぞく》か何《なに》かで、金銀家財《きんぎんかざい》をうばいとった後《あと》、残酷《ざんこく》にも五人《にん》の死骸《しがい》の首《くび》を打《う》ち落《お》とし、胴《どう》から下《した》は前《まえ》の谷河《たにがわ》へでも投《な》げこみ、首《くび》だけはこの押入《おしい》れへ並《なら》べておいたものだろう、いつか読《よ》んだ書物《しょもつ》に書《か》いてあった、山賊仲間《さんぞくなかま》にはいろいろの迷信《めいしん》があって、ある山賊仲間《さんぞくなかま》のごときは、その殺《ころ》した者《もの》の生首《なまくび》を、その家《いえ》の床下《ゆかした》かまたは押入《おしい》れのなかへかくしておき、それがくさって髑髏《されこうべ》になるまで捕縛《ほばく》されずば、一生無難《いっしょうぶなん》に過《す》ごすことができるとかいう、実《じつ》に

捕縛《ほばく》されずば…つかまらなければ。

奇怪千万《きかいせんばん》な迷信《めいしん》をいだいている者《もの》もあるそうだ、この髑髏《されこうべ》をここへかくしていった奴《やつ》も、きっとそんな迷信《めいしん》をいだいている悪人《あくにん》だろうと思《おも》う」

「なるほど、そうにちがいない、してみるとこの髑髏《されこうべ》は、この押入《おしい》れのなかで、生首《なまくび》からくさってこんなになったのだな、そう思《おも》うと何《なん》だかくさい、臭気紛々《しゅうきふんぷん》と鼻《はな》をついてくるではないか」

「神経《しんけい》の作用《さよう》だよ、くさってから数年《すうねん》の歳月《さいげつ》をへて、こんな髑髏《されこうべ》になってしまえば何《なに》がくさいものか、一《ひと》つ出《だ》してみようか」

「まっぴらまっぴら、それより今度《こんど》は隣《となり》の押入《おしい》れを開《あ》けてみよう」と、猛雄少年《たけおしょうねん》はすばやく、髑髏《されこうべ》の入《はい》っておる押入《おしい》れの戸《と》を閉《し》めると、その戸《と》を閉《し》める拍子《ひょうし》に風《かぜ》が起《お》こって、俊一少年《しゅんいちしょうねん》の手《て》に持《も》てる蠟燭《ろうそく》の火《ひ》は、また青《あお》く燃《も》え上《あ》がって消《き》えた。

「エイ、仕方《しかた》がないなア」と、もう一度《いちど》つけるつもりで、俊一少年《しゅんいちしょうねん》は衣袋《ポケット》に手《て》を差《さ》しこんだが、燐寸《マッチ》はない。さっきつけた後《あと》でどこか床《ゆか》の上《うえ》へ置《お》き忘《わす》れてきたのである。

「どこへ置《お》いたろう」と、室内《しつない》は暗《くら》いので、二人《ふたり》は燐寸《マッチ》をさがすつもりで、手《て》さぐりに床《ゆか》の上《うえ》を腹《はら》ばい、そこことなくなでまわしたが、燐寸《マッチ》はどこへ行《い》ったものか手《て》にあたらぬ、その代《か》わり何《なん》だか知《し》らぬが冷《つめ》たいものがヒヤリと俊一少年《しゅんいちしょうねん》の手《て》にふれた。

「オオ、気味《きみ》が悪《わる》い」と、その手《て》を引《ひ》っこまして考《かんが》えてみると、先刻土《せんこくど》瓶《びん》の口《くち》から床《ゆか》の上《うえ》へたらした水《みず》だとわかったので、

「何《なん》だ、馬鹿馬鹿《ばかばか》しい」と、思《おも》わず一声笑《ひとこえわら》おうとしたときに、猛雄少年《たけおしょうねん》は何《なに》におどろいたのか、急《きゅう》に黒暗《くらやみ》のなかで俊一少年《しゅんいちしょうねん》の肩先《かたさき》を捕《とら》えて引《ひ》きよせ、

「オイ、静《しず》かに静《しず》かに！」

「何《なん》だ」

「何《なん》だか知《し》らないが、今《いま》あの少《すこ》し開《あ》いている戸口《とぐち》のぼくらの入《はい》ってきたところから、奇怪《きかい》な者《もの》がこっちの様子《ようす》をのぞいていたようだぜ」

うた。

「エッ、どんな者《もの》だ」と、俊一少年《しゅんいちしょうねん》はきこえるかきこえぬほどの声《こえ》で問《と》

「すぐ見《み》えなくなったのでよくはわからなかったが、何《なん》でも細長《ほそなが》い白《しろ》い姿《すがた》だったぜ」

「神経《しんけい》の作用《さよう》だろう」

「イヤ、たしかにのぞいていたのだ、オヤと思《おも》うと戸《と》の外《そと》へ消《き》えてしまったのだ」

「フム、するとそれが、すなわち幽霊《ゆうれい》という奴《やつ》だろう、早《はや》く燐寸《マッチ》をさがしだし火《ひ》をつけて正体《しょうたい》を見届《みとど》けようではないか」

「イヤ、もう火《ひ》をつけない方《ほう》が安全《あんぜん》だろう、暗《くら》いところに音《おと》も立《た》てずひそんでいたら、またのぞきにくるかも知《し》れない」と、二人《ふたり》はまっ暗《くら》な室《へや》の片隅《かたすみ》に身《み》を寄《よ》せ、しばらくは息《いき》を殺《ころ》してひそんでいる、深山《しんざん》の夜《よ》は更《ふ》けて、すでに真夜半《まよなか》の一時過《じす》ぎ、小家《こや》の前《まえ》をどうどうと流《なが》るる谷河《たにがわ》の音《おと》

のほか、風《かぜ》も今《いま》は死《し》して、実《じっ》に身《み》に染《し》みるほどさびしい有《あ》り様《さま》であるが、そのさびしさをこらえて、やや十四五分《じゅうしごふん》も過《す》ぎたと思《おも》うころだ、いかなる物音《ものおと》が耳《みみ》に入《はい》ったのか、二人《ふたり》は同時《どうじ》に左右《さゆう》から身《み》をすりよせ、

「オイ、今《いま》の音《おと》をきいたか」と、たがいに思《おも》わず身《み》ぶるいした。

身《み》ぶるいしたのも無理《むり》はない、実《じっ》にかの宿屋《やどや》のおやじの語《かた》ったごとく、この小家《こや》の外《そと》の大《おお》きな水車《みずぐるま》は今現《いまげん》に生《い》けるがごとく自然《しぜん》にギギーとまわったのである。

そこは前《まえ》にもいったように、今《いま》は一滴《いってき》の水《みず》も流《なが》れておらず、また一陣《いちじん》の風《かぜ》もないのに、水車《みずぐるま》はあたかも泣《な》くがごとくうらむがごとく、ギギー、ギギー、ギギー、ときしってまわる、その物音《ものおと》は何《なん》ともいわれぬほどものすごい。

三　幽霊《ゆうれい》の正体《しょうたい》（全世界《ぜんせかい》にもめずらしいもの）

奇怪《きかい》な水車《みずぐるま》が自然《しぜん》にまわりだした音《おと》のものすごさ！　二人《ふたり》は思《おも》わず身《み》ぶるいしたが、こんなことで身《み》ぶるいするようでは仕方《しかた》がないと、猛雄《たけお》少年《しょうねん》は俊一少年《しゅんいちしょうねん》の耳《みみ》に口《くち》を寄《よ》せ、

「オイ、なるほど水車《みずぐるま》は不思議《ふしぎ》にまわる。はたして自然《しぜん》にまわるのか、それともまわしている奴《やつ》があるのか、一《ひと》つ外《そと》からまわって見届《みとど》けてやろうではないか」

「よかろう、しかし軽々《かるがる》しく外《そと》へ出《で》るのはあぶない、それより見《み》たまえ、あの水車《みずぐるま》に近《ちか》い壁《かべ》の方《ほう》に、壁土《かべつち》が崩《くず》れ落《お》ちて、二《ふた》つ三《みっ》つ小《ちい》さい穴《あな》があき、月《つき》の光《ひかり》がかすかに射《さ》しこんでいるではないか、あの穴《あな》からのぞいてみた方《ほう》がよかろう」

「そうだ、その方《ほう》が安全《あんぜん》だ」と、二人《ふたり》は暗《くら》い床《ゆか》の上《うえ》を腹《はら》ばい、その壁《かべ》のそばにしのびより、そっと首《くび》をのばして、小《ちい》さな穴《あな》から外《そと》をのぞいてみると、このとき偶然《ぐうぜん》ではあろうが、月《つき》はにわかに雲間《くもま》にかくれて、ただささえ薄暗《うすぐら》き谷《たに》の底《そこ》、ことに暗《くら》くなってよくはわからぬけれど、水車《みずぐるま》は依然《いぜん》として、ギギー、ギギー、ギギーと、ものすごいきしり声《ごえ》のきこえるばかりではなく、静《しず》かに静《しず》かにまわっているのもわかり、その水車《みずぐるま》の陰《かげ》のもっとも暗《くら》いところに、何《なん》だか細長《ほそなが》い白《しろ》い姿《すがた》の立《た》っているのがもうろうと見《み》えた。二人《ふたり》は穴《あな》から眼《め》を放《はな》して顔《かお》を見合《みあ》わせ、

「あれだよ、あの姿《すがた》だよ、さっき戸口《とぐち》から室内《しつない》をのぞいていたのは――」

と猛雄《たけお》少年《しょうねん》は俊一《しゅんいち》少年《しょうねん》にささやいて、

「あの白《しろ》い姿《すがた》の怪物《かいぶつ》が、水車《みずぐるま》を動《うご》かしているのだぜ」

「ほんとうに幽霊《ゆうれい》のように見《み》えるが、いったい何《なん》だろう」

「どうも暗《くら》いので正体《しょうたい》がわからぬ、もう一度《いちど》よく見《み》てやろう」と、二人《ふたり》

にわかに…突然《とつぜん》。急《きゅう》に。

は再《ふたた》び穴《あな》に眼《め》を押《お》しあてようとしたとき、今《いま》までギギー、ギギーときしっておった水車《みずぐるま》の音《おと》は絶《た》えた、急《いそ》ぎ穴《あな》に眼《め》を押《お》しあてて見《み》ると、水車《みずぐるま》はもう死《し》せるがごとくに動《うご》かず、折《おり》から月《つき》はまたもや雲間《くもま》から現《あらわ》れたけれど、かの白《しろ》い姿《すがた》の怪物《かいぶつ》は、いつの間《ま》にどこへ行《い》ったのか、すでに影《かげ》も形《かたち》も見《み》えなかった。

「もうどこかへ消《き》えてしまった」

「どこへ行《い》ったのだろう」

かくいぶかって、二人《ふたり》は小首《こくび》をかたむけている折《おり》から、奇《き》といおうか、怪《かい》といおうか、どこからかごく低《ひく》い足音《あしおと》、ほとんどきこえぬほどの足音《あしおと》がして、何《なに》ものかこの小家《こや》の周囲《まわり》を、グルグルまわっているような気勢《けはい》がした。

二人《ふたり》はいいあわせたように、ただちに穴《あな》に眼《め》を押《お》しあてて見《み》ると、ちようどそのときその足音《あしおと》は、壁《かべ》のすぐ外《そと》にきこえて、何《なに》ものか丈高《たけたか》き白《しろ》い姿《すがた》が、ヌッと眼前《がんぜん》に突《つ》っ立《た》ち、たちまちツーとかなたに消《き》え去《さ》った。

かくいぶかって…このように不審《ふしん》に思《おも》って。
かなた…遠《とお》くはなれた方《ほう》。むこう。

壁《かべ》の穴《あな》はごく小《ちい》さく、それにすぐ前《まえ》で立《た》ち上《あ》がったかと思《おも》うと、瞬間《しゅんかん》かなたに消《き》え去《さ》ったので、やはり正体《しょうたい》を見届《みとど》けることはできなかったけれど、いよいよ奇怪《きかい》なものであるということだけはわかる。

「何《なに》ものかわからんが、引《ひ》っ捕《と》らえてやろうではないか」と、俊一少年《しゅんいちしょうねん》は腕《うで》をさすった。

「待《ま》て、待《ま》て、とても生《い》け捕《ど》ることはできまい、ぼくにまかせたまえ」

「どうするのだ」

「一刀《いっとう》の下《もと》に斬《き》り殺《ころ》してしまおう」

「それもよかろう、しかし斬《き》り殺《ころ》すのも容易《ようい》であるまい」

「ナニ、怪物《かいぶつ》はグルグルこの小家《こや》の周囲《まわり》をまわる、ぼくはあの戸口《とぐち》の陰《かげ》にかくれておって、ちょうどその前《まえ》に来《き》たとき、いきなり飛《と》び出《だ》して斬《き》りたおしてやる。君《きみ》はぼくの背後《うしろ》におって、万一《まんいち》ぼくがやりそこなったら、すぐにその跡《あと》を追《お》いかけてくれ」

「ヨシヨシ、それではすぐに決行《けっこう》しよう」と、二人《ふたり》はどうしても幽霊《ゆうれい》の正体《しょうたい》を見届《みとど》けるつもりだから、相手《あいて》は何《なに》ものかわからず、ずいぶん冒険《ぼうけん》な話《はなし》だが、やりそこなって殺《ころ》されたらそれまでと、凜々《りり》しく決心《けっしん》の臍《ほぞ》を固《かた》め、ただちにかの少《すこ》し開《あ》けてある戸口《とぐち》に立《た》ちより、猛雄少年《たけおしょうねん》は仕込杖《しこみづえ》を引《ひ》きぬき、上段《じょうだん》にかまえて戸《と》の蔭《かげ》に身《み》をひそめ、俊一少年《しゅんいちしょうねん》はそこから少《すこ》しはなれて、仕込杖《しこみづえ》の柄《つか》をにぎり息《いき》を殺《ころ》している。

それと気《き》づいたか気《き》づかぬか、怪物《かいぶつ》はやはり小家《こや》の周囲《まわり》をまわることをやめぬ、ほとんどきこえぬような足音《あしおと》は、はや小家《こや》の横《よこ》の方《ほう》から近《ちか》づくので、見《み》えたらすぐにと、猛雄少年《たけおしょうねん》は胸《むね》をとどろかしながら待《ま》っている。

しかるにもう一二秒《いちにびょう》で戸口《とぐち》の前《まえ》へ現《あらわ》れると思《おも》う瞬間《しゅんかん》、ヤ、ヤ、ただ細《ほそ》長《なが》い一《ひと》つの白《しろ》いものが、眼《め》にも留《と》まらぬほどの早《はや》さで、横《よこ》ざまにツッーとその前《まえ》を過《す》ぎ去《さ》ってしまう、飛《と》び出《だ》す間《ま》も何《なに》もあったものではない。

「しまった」と、猛雄少年《たけおしょうねん》は切歯《はがみ》した。

決心《けっしん》の臍《ほぞ》を固《かた》める…かたく決心《けっしん》する。覚悟《かくご》を決《き》める。
切歯《はがみ》…くやしがること。歯《は》ぎしりに同《おな》じ。

「急《せ》くな急《せ》くな、またすぐに来《く》る」と、俊一少年《しゅんいちしょうねん》は背後《うしろ》からはげました。

なるほどその言《げん》のごとく、怪物《かいぶつ》の足音《あしおと》はまた小家《こや》の横《よこ》の方《ほう》からきこえてきた、今度《こんど》こそはのがすまじと、右手《めて》に仕込杖《しこみづえ》、左手《ゆんで》に汗《あせ》をにぎって待《ま》つ間《ま》もなく怪物《かいぶつ》の足音《あしおと》ははや戸口《とぐち》のすぐ横《よこ》の方《ほう》に、ソラと思《おも》うとたんもあらせず、これはまた意外《いがい》である、たちまち眼前《がんぜん》にツーと突《つ》っ立《た》ったのは、六尺《しゃく》ばかりの細長《ほそなが》いまっ白《しろ》な姿《すがた》、ツト扉口《とぐち》からこなたをのぞきこんだ。

あまりのことに猛雄少年《たけおしょうねん》は一時戦慄《いちじせんりつ》としたが、もちろん待《ま》ちかまえていたところである、何《なん》のおどろくものかと、たちまち、「怪物《かいぶつ》！」と一声《いっせい》、疾風迅雷《しっぷうじんらい》のごとくに斬《き》りつけた、そのとき怪物《かいぶつ》のさけんだ声《こえ》は実《じつ》に何《なん》ともいわれぬものすごい声《こえ》で、バッタリたおれたかと思《おも》うと、すぐ横《よこ》ざまになって逃《に》げようとするところを、横合《よこあ》いから飛鳥《ひちょう》のごとくおどりでた俊一少年《しゅんいちしょうねん》はぬく手《て》も見《み》せず一刀浴《ひとたちあ》びせかけ、たおるるところを二人《ふたり》は左右《さゆう》から乗《の》りかかり、咽首《のどくび》と覚《おぼ》しきところにとどめを

のがすまじと…逃《に》がしはしまいと。
六尺《しゃく》…尺《しゃく》は長《なが》さの単位《たんい》。１尺《しゃく》は約《やく》30.3センチメートル。約《やく》182センチメートル。
ツト…動《うご》かず、じっとしているさま。

突《つ》き刺《さ》した。

「しめたしめた」

「とうとう幽霊《ゆうれい》を退治《たいじ》した」と、二人《ふたり》は大喜《おおよろこ》びに雀躍《こおどり》し、仕込杖《しこみづえ》の血《ち》を押《お》しぬぐって鞘《さや》におさめ、さて怪物《かいぶつ》の正体《しょうたい》はいかなるものかと、おぼろに照《て》らす月《つき》の光《ひかり》によくよく見《み》れば、これ身《み》の丈六尺余《たけろくしゃくあま》りの巨大《おおき》な白色《はくしょく》の河《かわ》獺《うそ》であった、実《じつ》に幾多《いくた》の歳月《さいげつ》をへた老物《ろうぶつ》で、全身《ぜんしん》の毛《け》は白銀《はくぎん》のごとくにかがやき、歯《は》も爪《つめ》も黄色《きいろ》く長《なが》くのび、一見身《いっけんみ》の毛《け》もよだつほどの怪獣《かいじゅう》となっている。

しかし猛雄少年《たけおしょうねん》は何《なん》だか気《き》のぬけた様子《ようす》で、

「何《なん》だ、河獺《かわうそ》か、ぼくはモット猛悪《もうあく》なものかと思《おも》った」と、前額《ひたい》の汗《あせ》をぬぐって冷《ひや》やかに笑《わら》えば、俊一少年《しゅんいちしょうねん》は首《くび》をふって、

「オイ、そんな不平《ふへい》をいうな、実《じつ》にこんな珍奇《ちんき》な河獺《かわうそ》は、全世界《ぜんせかい》にも多《おお》くはあるまい、だいいち白色《はくしょく》の河獺《かわうそ》はごく稀《まれ》で、富豪《ふごう》などが莫大《ばくだい》な金《かね》を

(127ページ)**疾風迅雷**《しっぷうじんらい》…はげしくすばやいありさま。

歳月《さいげつ》**をへた**…年《とし》をかさねた。年《とし》とった。年《とし》へたも同《おな》じ意《い》。

出《だ》して求《もと》めてもなかなか得《え》られぬほどだ、それがこんなに年《とし》へた老物《ろうぶつ》となって、ほとんど怪獣《かいじゅう》といってもよいような形《かたち》になっている、この白銀《はくぎん》のごとくにかがやく毛皮《けがわ》は、一寸四方《いっすんしほう》くらいでもどれほどの価値《かち》があるかわからぬ」

「エッ、そんなに価値《かち》があるのか」と、猛雄少年《たけおしょうねん》は見直《みなお》して、

「なるほどそういわれると、いかにも珍奇《ちんき》な河獺《かわうそ》だ、こんな河獺《かわうそ》は全世《ぜんせ》界《かい》にもめずらしいゼ」

「オイ、人《ひと》の真似《まね》をするな、しかしまったくめずらしい、いったいこの河獺《かわうそ》という奴《やつ》は水陸共棲《すいりくきょうせい》の動物《どうぶつ》で、陸《りく》に上《あ》がって歩《ある》くときは、あたかも矢《や》のようにはって走《はし》り、時々《ときどき》ものにおどろくときは、人間《にんげん》のように両足《りょうあし》でツーと立《た》ち上《あ》がる、それでぼくは思《おも》うに、この年《とし》へた白色《はくしょく》の河獺《かわうそ》は、この水車小家《すいしゃごや》の一家族《いちかぞく》が殺《ころ》されたころから、いずくよりかこの谷間《たにま》に来《き》ってすみ、あまり人《ひと》の姿《すがた》などは見《み》たことがないので、その足音《あしおと》が聞《き》こえ

一寸四方《いっすんしほう》…寸《すん》は長《なが》さの単位《たんい》。１寸《すん》は約《やく》3.03センチメートル。一辺《いっぺん》が約《やく》3.03センチメートルの正方形《せいほうけい》のこと。

いずくよりか…どこの地《ち》からか。

るとおどろいて立《た》ち上《あ》がる、しかるにここで人殺《ひとごろ》しのあった後《あと》だから、おそるおそるこの辺《あた》りへ来《き》て、この丈高《たけたか》く細長《ほそなが》いまっ白《しろ》な奴《やつ》が、音《おと》もなく暗《くら》い場所《ばしょ》へヌッと突《つ》っ立《た》つので、一《いち》も二《に》もなく幽霊《ゆうれい》と信《しん》じ、この水車《すいしゃ》小家《ごや》へ幽霊《ゆうれい》が出《で》るという奇怪《きかい》なうわさが立《た》ったのだろう」

「そうだ、そうだ、それに相違《そうい》ない、そして宿屋《やどや》のおやじがいったろう、あの村《むら》の若《わか》い者《もの》で、二三人《にさんにん》探検《たんけん》に来《き》た者《もの》もあるが、それッきり帰《かえ》らぬというのは、この河獺《かわうそ》に殺《ころ》されたものだ」

「イヤ、河獺《かわうそ》はいくら年《とし》をへても、まさか人間《にんげん》を殺《ころ》す力《ちから》はあるまい、探《たん》検《けん》に来《き》た者《もの》がそれッきり帰《かえ》らぬというのは、何《なに》ものに生命《いのち》を取《と》られたかはまだ疑問《ぎもん》だが、とにかく幽霊《ゆうれい》というのはこの河獺《かわうそ》であったことだけはわかる、そしてこの河獺《かわうそ》という奴《やつ》はなかなか悪戯《いたずら》をする奴《やつ》で、あの水車《みずぐるま》の形《かたち》が奇妙《きみょう》なのでそれにたわむれ、いつかなれて上《のぼ》ったり下《お》りたりするので、そのため水車《みずぐるま》が自然《しぜん》にまわるように思《おも》われたのだろう、シテみると

一《いち》も二《に》もなく…いろいろいうまでもなく。即座《そくざ》に。
たわむれる…遊《あそ》び興《きょう》ずること。軽《かる》い気《き》持ちですること。
シテみると…そうだとすると。

水《みず》が流《なが》れておらぬのに、水車《みずぐるま》のまわるのも少《すこ》しも不思議《ふしぎ》でない、何《なに》しろ幽《ゆう》霊《れい》の正体《しょうたい》を見届《みとど》けて、このような珍奇《ちんき》な河獺《かわうそ》を退治《たいじ》したのだから、これを持《も》って帰《かえ》って一同《みんな》に見《み》せたら、博士《はかせ》やほかの人々《ひとびと》も大《おお》いにおどろくだろう」

「どうかして持《も》って帰《かえ》ろうではないか、一同《みんな》をおどろかすばかりでなく、これを日本《にほん》へ持《も》って帰《かえ》って剝製《はくせい》にしたら、よほど珍奇《ちんき》な動物標本《どうぶつひょうほん》になるだろう」

「しかし非常《ひじょう》な重量《めかた》だから、とても一里半《りはん》の山路《やまみち》を、二人《ふたり》ではかついでいかれまい」

「そうだ、仕込杖《しこみづえ》もあるから、皮《かわ》を剝《は》いでいってもいいのだが、下手《へた》に剝《は》いで皮《かわ》を疵《きず》だらけにしてはつまらぬから、それよりこうしよう、これをこのままここへ置《お》いて、ひとまず麓《ふもと》の宿屋《やどや》へ帰《かえ》り、大勢《たいぜい》を引《ひ》き連《つ》れて取《と》りにこようではないか」

「そうするよりほかに策《さく》はない、しかしこのまま置《お》いてなくなっては困《こま》る」

大勢《たいぜい》…人数《にんずう》が多《おお》いこと。おおぜい。

「ナアニ、なくなるものか、ここはだれもこわがってこないところではないか」

「イヤ、そうでない、村《むら》の臆病《おくびょう》な奴《やつ》らは来《こ》ないが、さっき小家《こや》のなかに蠟燭《ろうそく》の火《ひ》がとぼっていたから、火《ひ》が自然《しぜん》にともるわけはない、そのうえ室内《しつない》の土瓶《どびん》のなかに水《みず》も残《のこ》っていたろう、シテみると近《ちか》ごろこの小家《こや》のなかに何者《なにもの》か住居《すまい》を定《さだ》めて今《いま》にどこかから帰《かえ》ってくるかも知《し》れない、もしそんな奴《やつ》が帰《かえ》ってきて、ぼくらのいない間《あいだ》にこの河獺《かわうそ》を、谷河《たにがわ》のなかへでも投《な》げこまれてしまってはたまらぬ」

「それではどこかへかくしていこう」

「どこへかくしていこう」

「そんなおそれがあると、小家《こや》のなかへかくしていくわけにもいかず――、オオ、オオ、あの巌石《いわ》の間《あいだ》へかくしていこう」と、猛雄少年《たけおしょうねん》はとある場《ば》所《しょ》を指《ゆび》さした、なるほどそこはこの小家《こや》から少《すこ》しはなれ、巌石《がんせき》が屛風《びょうぶ》のように立《た》って、その蔭《かげ》へかくしていけば、容易《ようい》に見《み》つかる気遣《きづか》いはないので、俊一少年《しゅんいちしょうねん》も賛成《さんせい》し、二人《ふたり》は横《よこ》たわっている河獺《かわうそ》を引《ひ》っかつぎ、外《そと》から見《み》えぬよう巌石《いわ》の間《あいだ》へかくしたので、もうよし、このうえは一刻《いっこく》も早《はや》く麓《ふもと》の宿屋《やどや》へ帰《かえ》り、博士《はかせ》はじめ一同《みんな》にこの話《はなし》をなし、再《ふたた》び大勢《たいぜい》とともにここへ取《と》りにこようと、二人《ふたり》は打《う》ち連《つ》れて帰路《きろ》についたが、小家《こや》の前《まえ》の独木橋《まるきばし》を渡《わた》ろうとしたとき、猛雄少年《たけおしょうねん》は何思《なにおも》ったか急《きゅう》に立《た》ち止《ど》まり、

「オイ、このままノコノコ帰《かえ》るのもつまらん、あの小家《こや》を焼《や》きはらって帰《かえ》ろうではないか」

「なぜだ」

「なぜでもない、あんな奇怪《きかい》な小屋《こや》を残《のこ》しておくと、いつまでも幽霊小《ゆうれいご》家《や》の名《な》が残《のこ》って、人民《じんみん》をまどわすこととなる、どうせこんなところへ住《す》まおうという奴《やつ》は、白昼世間《はくちゅうせけん》に出《で》られぬ悪人《あくにん》にきまっている、あんな小《こ》家《や》は焼《や》きはらって、奇怪《きかい》なうわさの源《みなもと》を絶《た》ってしまえば、すなわち社会《しゃかい》

の公益《こうえき》になるというものだ」

「なるほど、それもそうだ」と、もとより血気《けっき》の少年《しょうねん》、再《ふたた》び水車小家《すいしゃごや》にとってかえしたが、これぞ大珍事《だいちんじ》を見《み》る基《もとい》となったのだ。

二人《ふたり》は再《ふたた》び水車小家《すいしゃごや》に入《はい》り、ここを焼《や》きはらうためにはぜひ燐寸《マッチ》が要《い》るので先刻《せんこく》の燐寸《マッチ》はどこへ行《い》ったろうと、暗《くら》い床《ゆか》の上《うえ》をはいまわってしきりにさがしたが、どこへ行《い》ったものかどうしても見当《みあ》たらぬ。

「仕方《しかた》がないナア、オイ、その扉《と》をモット充分《じゅうぶん》に開《あ》けて、なるべく月《つき》の光《ひかり》を入《い》れてさがす方《ほう》がよかろう」と、奥《おく》の方《ほう》から俊一少年《しゅんいちしょうねん》が声《こえ》をかけたので戸口《とぐち》に近《ちか》い猛雄少年《たけおしょうねん》は立《た》ち上《あ》がり、充分戸《じゅうぶんと》を開《あ》けるつもりで、フト入《い》り口《ぐち》から顔《かお》を出《だ》して外《そと》を見《み》たが、たちまち何《なに》か眼《め》に入《はい》ったのか、さもおどろいた様子《ようす》で俊一少年《しゅんいちしょうねん》のそばへ走《は》せ来《きた》り、

「オイ、たいへんだぞ」

「何《なん》だ」

公益《こうえき》…公共《こうきょう》の利益《りえき》。みんなのためになること。
血気《けっき》の…激《げき》しやすい意気《いき》の。血《ち》の気《け》の多《おお》い。
大珍事《だいちんじ》…たいへんにめずらしいこと。

「何《なん》だか知《し》らぬが、奇怪《きかい》な奴《やつ》が六七人《ろくしちにん》、谷河《たにがわ》の向《む》こうから、この小家《こや》を目指《めざ》してやってきたぞ」

「エッ」といいつつ、俊一少年《しゅんいちしょうねん》も立《た》ち上《あ》がり、そっと入《い》り口《ぐち》から外《そと》をさしのぞくと、なるほど猛雄少年《たけおしょうねん》のいうがごとく、何者《なにもの》か素性《すじょう》はわからぬが、白《しろ》い衣服《きもの》を着《き》た大男《おおおとこ》が六七人《ろくしちにん》、おのおの背《せ》に大《おお》きな荷物《にもつ》のようなものを引《ひ》っかつぎ、おぼろな月《つき》の光《ひかり》を浴《あ》びて、ゾロゾロとはやこの小家《こや》の四五十間手前《しごじっけんてまえ》までせまってきたのだ、もうこの戸口《とぐち》から外《そと》へ飛《と》び出《だ》して逃《に》げるわけにもいかぬ、壁《かべ》を突《つ》き破《やぶ》って逃《に》げるわけにもいかぬ。

「オイ、どうしよう」と、俊一少年《しゅんいちしょうねん》は猛雄少年《たけおしょうねん》の顔《かお》を見《み》た。

「仕方《しかた》がない、ここにがんばっていよう、彼奴《きゃつ》らが悪《わる》い奴《やつ》で危害《きがい》を加《くわ》えたら、仕込杖《しこみづえ》を引《ひ》きぬいて無茶苦茶《むちゃくちゃ》に戦《たたか》うまでさ」

「そんな無謀《むぼう》なことをするのは愚《おろ》かだ、とにかくどこかへかくれて様子《ようす》をみよう」

彼奴《きゃつ》ら…あいつら。

「どこへかくれる、髑髏《されこうべ》の入《はい》っておる押入《おしい》れのなかなどはごめんだぞ」

「そんなところへかくれるものか、押入《おしい》れのなかなどへかくれていて、万一《まんいち》開《あ》けられようものならそれこそ袋《ふくろ》の鼠《ねずみ》だ、それより見《み》たまえ、天井《てんじょう》にはさいわい太《ふと》い梁《うつばり》が渡《わた》っている、あの梁《うつばり》の上《うえ》へ身《み》をかくそう」

「ウム、梁《うつばり》の上《うえ》とは奇抜《きばつ》だ」と、二人《ふたり》はもう危急存亡《ききゅうそんぼう》の場合《ばあい》だから、身《み》の軽《かる》きことも、猿《ましら》のごとく、室内《しつない》へ突《つ》き入《い》っている水車《みずぐるま》の軸《じく》を伝《つた》い、すばやく梁《うつばり》の上《うえ》にはいあがり、家守《やもり》のごとくになって身《み》をかくしたとき、奇怪《きかい》な奴《やつ》らははやドヤドヤと戸口《とぐち》に来《きた》り、なかの一人《ひとり》は四辺《あたり》にひびく大《おお》声《ごえ》に、

「オイ、この戸《と》は、出《で》るとき閉《し》めていったはずだが、なぜ開《あ》いているのだ」といぶかりを帯《お》びた言葉《ことば》ですするどくさけんだ、二少年《しょうねん》はサアしまったと梁《うつばり》の上《うえ》でかたずをのんだ。

袋《ふくろ》の鼠《ねずみ》…袋《ふくろ》のなかの鼠《ねずみ》。転《てん》じて、どこにも逃《のが》れられないこと。
危急存亡《ききゅうそんぼう》…危険《きけん》がせまって、生《い》きるか死《し》ぬかのせとぎわ。
かたずをのむ…事《こと》のなりゆきを息《いき》をころして見守《みまも》ること。

四　七人《しちにん》の怪賊《かいぞく》（梁上《りょうじょう》の二勇少年《にゆうしょうねん》）

奇怪《きかい》な奴《やつ》らは近《ちか》ごろこの水車小家《すいしゃごや》に住《す》まっている者《もの》に相違《そうい》ない、だからこの真夜中《まよなか》にどこかから帰《かえ》ってきてそのうちの一人《ひとり》は戸口《とぐち》の開《あ》いているのを見《み》るより声《こえ》をとがらし、

「オイ、この戸《と》は出《で》るとき閉《し》めていったはずだがなぜ開《あ》いているのだ」

といぶかったのだ。

梁《うつばり》の上《うえ》にかくれている二少年《しょうねん》はヒヤリとした、けれど奇怪《きかい》な奴《やつ》らのほかの連中《れんちゅう》は、さほど怪《あや》しいとも思《おも》わぬのか、

「ナアニ、閉《し》めたつもりで、だれか開《あ》け放《はな》していったのだろう」というのもあって、これはあまり深《ふか》く詮議《せんぎ》もされず、一同《いちどう》はドヤドヤと小家《こや》のなかへ入《はい》りこみ、

「ヤア、蠟燭《ろうそく》も消《き》えている、風《かぜ》が吹《ふ》きこんで消《け》したんだろう」と、彼《かれ》らは何《なに》か重《おも》そうなものをドンドン床《ゆか》の上《うえ》におろし、やがて一人《ひとり》は燐寸《マッチ》をすって蠟燭《ろうそく》をさがし、かの髑髏《されこうべ》の入《はい》っておる押入《おしい》れの前《まえ》に落《お》ちているのを見《み》つけ、「蠟燭《ろうそく》もこんなところへ来《き》て転《ころ》がっておる、どうも不思議《ふしぎ》な晩《ばん》だ」といいつつ火《ひ》をつけた。

室内《しつない》はぼんやりと照《て》らされる、その火《ひ》の光《ひかり》で彼《かれ》らはグルリッと室内《しつない》を見《み》まわすに室内《しつない》にはかくべつ変《か》わったこともないので、一同《いちどう》はやや安心《あんしん》の体《てい》で床《ゆか》の上《うえ》に腰《こし》をおろした。

しかしおどろいたのは梁《うつばり》の上《うえ》の二少年《しょうねん》である、コッソリ上《うえ》から下《した》を見《み》下《お》ろすに今入《いまはい》ってきた奴《やつ》らは、七人《にん》の異様《いよう》な風俗《ふうぞく》をし、いずれも身長《みのたけ》六尺《しゃく》に近《ちか》い大男《おおおとこ》、髪《かみ》は乱《みだ》れ髭《ひげ》はぼうぼうとのびて顔色青黒《がんしょくあおぐろ》く、みな悪人《あくにん》の相《そう》を帯《お》びて眼《め》は薄気味《うすきみ》悪《わる》く光《ひか》っているけれど、二少年《しょうねん》のおどろいたのはそんなことではない、彼《かれ》らがどこからかかついできて床《ゆか》の上《うえ》におろした荷物《にもつ》である、手提鞄《てさげかばん》もあれば蝙蝠傘《こうもりがさ》もあり、その品数《しなかず》は数十点《すうてん》で、それを七《なな》ツに分《わ》けて取《と》りまとめ細引《ほそび》きをかけて七人《にん》で背負《せお》ってきたのである。

二少年《しょうねん》はそれらの品物《しなもの》にみな見覚《みおぼ》えがある、見覚《みおぼ》えのあるはずである、それらはすべて麓《ふもと》の宿屋《やどや》に泊《と》まっている旅行隊一行《りょこうたいいっこう》の携帯品《けいたいひん》で、なかには猛雄少年《たけおしょうねん》の双眼鏡《そうがんきょう》や、俊一少年《しゅんいちしょうねん》の写真器械《しゃしんきかい》などもまじっているのだ、これで何《なに》ごともわかった、彼《かれ》らはこの小家《こや》に住《す》まっている奇怪《きかい》の賊《ぞく》で、今夜麓《こんやふもと》の宿屋《やどや》に押《お》しよせ一行《いっこう》の荷物《にもつ》を盗《ぬす》んできたのである、ほとんどすべての携帯品《けいたいひん》を盗《ぬす》んできたのだ。

二少年《しょうねん》は梁《うつばり》の上《うえ》に身《み》をひそめながらも、これを見《み》て口惜《くや》しくてたまらぬ、たがいに耳《みみ》に口《くち》を寄《よ》せ、

「オイ、けしからん奴《やつ》らでないか、だまってはおられん、ここにいつまでかくれておっても、彼奴《きゃつ》らが下《した》にがんばっている間《あいだ》は、とても無事《ぶじ》には帰《かえ》られない、早《はや》く帰《かえ》らなければ夜《よ》が明《あ》けてしまう、夜《よ》が明《あ》けたら結局《けっきょく》

細引《ほそび》き…麻《あさ》をよって編《あ》んだ細《ほそ》くてじょうぶな縄《なわ》。

見《み》つけられるにきまっているから、いっそ飛《と》びおりて勝負《しょうぶ》を決《けっ》し、勝《か》ったらあの荷物《にもつ》をうばいかえして帰《かえ》ろうではないか」と、性急《せっかち》の猛雄少年《たけおしょうねん》は今《いま》にも飛《と》びおりそうにする、俊一少年《しゅんいちしょうねん》はあわてて押《お》しとどめ、

「待《ま》て、待《ま》て、そんな無謀《むぼう》なことをするな、もう少《すこ》し辛抱《しんぼう》して様子《ようす》をみよう」

止《と》められて猛雄少年《たけおしょうねん》も仕方《しかた》なく、なおも物音《ものおと》を立《た》てず見《み》ていると、怪賊《かいぞく》らは今度《こんど》は胸《むね》を押《お》しひろげ、なかからいろいろの時計《とけい》や財布《さいふ》を引《ひ》き出《だ》し、自分《じぶん》らの持《も》っている兇器《きょうき》とともに床《ゆか》の一端《いったん》に積《つ》みかさねた。

「オイ、博士《はかせ》の金時計《きんどけい》や、ぼくらの財布《さいふ》もあるではないか、いよいよけしからん奴《やつ》だ、どうしても飛《と》びおりて勝負《しょうぶ》しよう」と、猛雄少年《たけおしょうねん》はまた憤慨《ふんがい》する。

「マア、待《ま》てというに」と、俊一少年《しゅんいちしょうねん》はしきりに押《お》しとどめ、なおも様《よう》子《す》を見《み》ていると、怪賊《かいぞく》のなかでも巨魁《きょかい》と覚《おぼ》しく、もっとも人相《にんそう》の悪《わる》い一人《いちにん》

巨魁《きょかい》…泥棒《どろぼう》などの首領《しゅりょう》。親分《おやぶん》。

は、ドッカと尻《しり》を床《ゆか》にすえたまま脛《すね》をさすって、
「ああつかれたつかれた、何《なに》しろ二十何人分《なんにんぶん》の荷物《にもつ》を盗《ぬす》んできたのだから な、もし日本人《にほんじん》の奴《やつ》ら眼《め》をさましたら仕方《しかた》がない兇器《きょうき》をふりまわそう と思《おも》ったのだが、一人《ひとり》も眼《め》がさめず楽々《らくらく》と盗《ぬす》んでこられたのは仕合《しあ》わせ だった、何《なん》といっても日本人《にほんじん》の奴《やつ》らは気《き》が強《つよ》く、眼《め》をさまして抵抗《てむか》われ てはあぶないからなア」
「そうだそうだ、日本人《にほんじん》を相手《あいて》にはコソコソにかぎる、だいぶ高価《こうか》な物《もの》 もあるようだ、さっそくに荷物《にもつ》を解《と》いて分《わ》けようか」
「マア急《せ》くな急《せ》くな、荷物《にもつ》はそのまま置《お》いたって逃《に》げはせぬ、何《なに》しろす こぶるつかれてるから酒《さけ》でも飲《の》んで一寝入《ひとねい》りし、夜《よ》が明《あ》けてからゆっく り分《わ》けるとしよう」
「酒《さけ》か、酒《さけ》か、その方《ほう》がいい」と、二三人《にさんにん》はドヤドヤ立《た》ち上《あ》がり、かの 髑髏《されこうべ》の入《はい》っておる押入《おしい》れの隣《となり》を開《あ》け、大《おお》きな酒樽《さかだる》と数個《すうこ》の茶碗《ちゃわん》とを取《と》り

出《だ》してきた、これらもどこからか盗《ぬす》んできたものだろう、さっそく車座《くるまざ》になって酒宴《さかもり》を始《はじ》め、飲《の》むわ飲《の》むわ、茶碗《ちゃわん》でガブガブ飲《の》みながら、だんだん上機嫌《じょうきげん》になってきたが、それでも巨魁《きょかい》と覚《おぼ》しき奴《やつ》は、何《なに》か気《き》になることがあると見《み》え、

「だがどうも扉《と》の開《あ》いていたのが不思議《ふしぎ》だぞ」と、薄気味悪《うすきみわる》い眼《め》でジロジロと上《うえ》の方《ほう》を見《み》る、しまった今度《こんど》こそ見《み》つけられたかと、二少年《しょうねん》は気《き》も気《き》でなかったが、梁《うつばり》の上《うえ》へピッタリ密着《みっちゃく》しているうえにここまでは蠟燭《ろうそく》の光《ひかり》も届《とど》かぬのでさいわい見《み》つからず、ほかの奴《やつ》らはただもう上機嫌《じょうきげん》になって、

「ナアニ、大丈夫《だいじょうぶ》だ、おれらのほかはだれが来《く》るものか、七年前《ねんまえ》におれらが、この水車小家《すいしゃごや》の一家内《いっかない》を鏖殺《みなごろし》にし、ここをかくれ場所《ばしょ》と定《さだ》めてから、折《おり》よく白河獺《しろかわうそ》なども出歩《であ》るくので、幽霊《ゆうれい》が現《あらわ》れたといううわさが立《た》ち、だれもこわくって来《こ》られやしない、たまたまものずきに探検《さぐり》にでも来《こ》よ

車座《くるまざ》になる…ぐるりと輪《わ》になってすわること。

うものなら、いつか来《き》た村《むら》の若《わか》い奴《やつ》らのように、一人《ひとり》だって生《い》かしちゃ帰《かえ》さない」と、口々《くちぐち》に自慢《じまん》らしく旧悪《きゅうあく》を述《の》べる、これはこの水車小家《すいしゃごや》の一家内《いっかない》を殺《ころ》した奴《やつ》で、後《あと》から探《さぐ》り検《き》に来た奴《やつ》三人《にん》を殺《ころ》した奴《やつ》も、みなこの怪賊《かいぞく》らであるということがわかった、実《じつ》にこの怪賊《かいぞく》らは、影《かげ》あって形《かたち》なき幽霊《ゆうれい》などよりは、百倍《ひゃくばい》も千倍《せんばい》もおそろしき奴《やつ》らである。二少年《しょうねん》はひそかに手《て》と手《て》をにぎりあって、おどろきあきれたという意《い》を通《つう》じた。

とかくする間《ま》に怪賊《かいぞく》らはますます酔《よ》うてきて、大《だい》の字形《じなり》に寝《ね》る者《もの》もあり、立《た》ち上《あ》がって踊《おど》りをおどるもあったが、二十分《ぷん》三十分《ぷん》とたつうちに、おどっている奴《やつ》らも、一人《ひとり》たおれ二人《ふたり》たおれ、七人《にん》みな大《だい》の字形《じなり》になって、鼾《いびき》の声《こえ》悪獣《あくじゅう》のごとくグッスリ寝《ね》こんでしまった。

もうしめたものだと、猛雄《たけお》少年《しょうねん》は梁《うつばり》の上《うえ》に頭《あたま》をもたげて低声《こごえ》に、

「オイ、今《いま》のうちに飛《と》びおりて、彼奴《きゃつ》らをみな退治《たいじ》するか、さもなければ荷物《にもつ》を取《と》り返《かえ》して逃《に》げてやろう」

「マア、待《ま》て」

「よく待《ま》て待《ま》ていうなア」

「だが待《ま》て、いくら賊《ぞく》を退治《たいじ》するのだって、寝込《ねこ》みを刺《さ》すのは卑怯《ひきょう》だ、また荷物《にもつ》を持《も》って逃《に》げるとしても二人《ふたり》であの荷物《にもつ》がみなかついで逃《に》げられるものか、そこでぼくに一策《いっさく》がある。さっき幽霊《ゆうれい》を退治《たいじ》するときには君《きみ》にまかせたから、今度《こんど》はぼくにまかせてくれぬか」

「それはまかせてもいい」

「では、君《きみ》はしばらくだまってここに待《ま》っていたまえ、ぼくは一人《ひとり》下《した》におりて、ほどよき時分《じぶん》にあいずをしたら、君《きみ》は飛《と》びおりてぼくに加勢《かせい》するのだ」

「ヨシ、そんなら待《ま》っている」と、猛雄少年《たけおしょうねん》は快《こころよ》く承諾《しょうだく》したので、俊一《しゅんいち》少年《しょうねん》は物音《ものおと》のせぬよう、梁《うつばり》から水車《みずぐるま》の軸《じく》を伝《つた》って下《した》におりた、何《なに》をするかと猛雄少年《たけおしょうねん》は上《うえ》から見《み》ていると、俊一少年《しゅんいちしょうねん》はまず怪賊《かいぞく》らの寝息《ねいき》をうかがい、いよいよ大丈夫《だいじょうぶ》だと見《み》ると、床《ゆか》の一端《いったん》につんであった彼《かれ》らの兇器《きょうき》をことごとく取《と》り上《あ》げ、それを一《ひと》まとめにして、かの髑髏《されこうべ》の入《はい》っておる押入《おしい》れの奥《おく》へかくし、それが終《お》わると今度《こんど》は、荷物《にもつ》をしばってある細引《ほそび》きのうちから、もっとも丈夫《じょうぶ》そうな奴《やつ》を七本《ほん》ぬいて取《と》り、その端《はし》をみなしばったらどうしても解《と》けぬような括《くく》り輪《わ》にし、それを持《も》って酔《よ》いだおれている怪賊《かいぞく》らのそばにはいより、眼《め》をさまさぬよう注意《ちゅうい》に注意《ちゅうい》を加《くわ》え七賊《ぞく》の足《あし》を片足《かたあし》ずつ踝《くるぶし》の上《うえ》でしばり、しばった七本《ほん》の細引《ほそび》きの他《た》の一端《いったん》をば、一《ひと》つに合《あ》わせて厳《きび》しく水車《みずぐるま》の軸《じく》に結《むす》び着《つ》けた、これでは怪賊《かいぞく》らは起《お》き上《あ》がったところで、抵抗《てむか》うこともできねば逃《に》げることもできまい。

　上《うえ》からは猛雄少年《たけおしょうねん》眼《め》を丸《まる》くして、なるほど巧《うま》いことをするなと見《み》ていると、俊一少年《しゅんいちしょうねん》は七賊《ぞく》の片足《かたあし》をことごとくしばりおわり、たちまち上《うえ》を向《む》いて手招《てまね》きしたので、待《ま》ちかまえていた猛雄少年《たけおしょうねん》はヒラリと飛《と》びおり、

「巧《うま》いことをやったなア、こうしてしまえばもう生《い》け捕《ど》ったも同然《どうぜん》だ」

と雀躍《こおどり》すれば俊一少年《しゅんいちしょうねん》は微笑《びしょう》をうかべて、
「そうだ、しかしこれからが一仕事《ひとしごと》だ、何《なん》でも大《おお》いにおどろかしてこいつらをたたき起《お》こし、充分威勢《じゅうぶんいせい》を示《しめ》して降伏《こうふく》させ、こいつらが盗《ぬす》んできた一行《いっこう》の荷物《にもつ》を、再《ふたた》び七人《にん》にかつがせて山《やま》をくだろうというのだ」
「ウム、面白《おもしろ》い面白《おもしろ》い」
「だが、ぼくらは少《すこ》しでも弱味《よわみ》を見《み》せてはならん、何《なん》でもウンと強《つよ》い者《もの》と思《おも》わせ、息《いき》もつかれぬほどおどろかしてやらねばならぬのだ」と、そこで二人《ふたり》は床《ゆか》の上《うえ》に落《お》ちておった手拭《てぬぐ》いで鉢巻《はちま》きをなし、腰《こし》に仕込杖《しこみづえ》を差《さ》しこみ、なお俊一少年《しゅんいちしょうねん》は怪賊《かいぞく》らをあくまでおどろかす手段《しゅだん》として、古《ふる》びた蓆《むしろ》の一枚《まい》をば、かの髑髏《されこうべ》の入《はい》っておる押入《おしい》れのなかへ入《い》れ、それに蠟燭《ろうそく》の火《ひ》で火《ひ》を放《はな》ち、すぐに猛雄少年《たけおしょうねん》のそばへ走《は》せ帰《かえ》り、
「サア、雷公《かみなり》の落《お》ちたようにおどろかしてけり起《お》こすのだ」と、二人《ふたり》は荒々《あらあら》しく床板《ゆかいた》をふみならし、酒樽《さかだる》をけかえし、茶碗《ちゃわん》を投《な》げつけ、同時《どうじ》に

怪賊《かいぞく》らの頭《あたま》を無二無三《むにむさん》にけとばして、

「ヤイ、起《お》きろ起《お》きろ、ヒョロヒョロ盗賊《どろぼう》ども起《お》きろ起《お》きろ」と、生覚《なまおぼ》えの言葉《ことば》で雷《らい》のごとくにさけべば、おどろくまいことか怪賊《かいぞく》らは、酔《よ》っていながらもムクムク起《お》き上《あ》がり、「何《なん》だ何《なん》だ」と、二少年《しょうねん》の姿《すがた》を見《み》るなり、

「こいつら何《なに》しに来《き》た」と、つかみかからんとすれば、みな片足《かたあし》ずつしばってあるので、たがいに足《あし》をすくわれてバタバタたおれる、周章狼狽《あわてふためき》起《お》き上《あ》がって、またつかみかからんとすればまたたおれる。

二少年《しょうねん》はここぞと、仕込杖《しこみづえ》引《ひ》きぬき眼《め》をいからし、

「悪賊《あくぞく》ども、静《しず》かにせい、おれらは日本《にほん》の軍人《ぐんじん》だ、汝《なんじ》らを捕縛《ほばく》にきたのだ、じたばたするとみな斬《き》り殺《ころ》すぞ」

さすがの怪賊《かいぞく》らも、日本軍人《にほんぐんじん》ときいては魂《たましい》を天外《てんがい》に飛《と》ばし、ことに足《あし》はしばられて抵抗《てむか》うことも逃《に》げることもできず自分《じぶん》らの兇器《きょうき》はと見《み》ても、その兇器《きょうき》さえ取《と》り上《あ》げられてしまって見《み》えぬので、ほとんど生《い》きた心地《ここち》

無二無三《むにむさん》…ひたすらなさま。しゃにむに。
魂《たましい》**を天外**《てんがい》**に飛**《と》**ばし**…びっくりし、がっかりしたさま。心《こころ》をどこか遠《とお》く（天《てん》の外《そと》）にとばされて。観念《かんねん》して。

もなくもがいている折《おり》も折《おり》、かの髑髏《されこうべ》の入《い》れてある押入《おしい》れからは、魔神《まじん》の舌《した》のように真紅《しんく》の火焔《ほのお》が吹《ふ》き出《だ》したので、怪賊《かいぞく》らは戦慄恐懼措《せんりつきょうくお》くところを知《し》らず、ただキョロキョロして顔《かお》を見《み》まわすばかりだ。

二少年《しょうねん》はいよいよ勢《いきお》いするどく、ギラギラ光《ひか》る仕込杖《しこみづえ》を上段《じょうだん》にふりかぶり、

「ヤイ、悪賊《あくぞく》ども、あれを見《み》よ、汝《なんじ》らが七年以前《ねんいぜん》に殺《ころ》した、この水車小《すいしゃご》家《や》の一家族《いちかぞく》は、髑髏《されこうべ》になってもまだ怨念《おんねん》が残《のこ》り、真紅《しんく》の火焔《ほのお》をはいて汝《なんじ》らを焼《や》き殺《ころ》そうとするのだ、もう手《て》を背後《うしろ》にまわして降参《こうさん》するほかはあるまい、少《すこ》しでもおれらの命令《めいれい》にそむけば、片《かた》ッ端《ぱし》から一刀《いっとう》のもとに斬《き》り殺《ころ》してしまうぞ」

怪賊《かいぞく》らはものをもいわず平伏《へたば》った、そのうちに火《ひ》はますます燃《も》えひろがるので、二少年《しょうねん》は片《かた》ッ端《ぱし》から怪賊《かいぞく》らの襟首《えりくび》取《と》って引《ひ》き起《お》こし、彼《かれ》らが折角盗《せっかくぬす》んできた七《なな》つの荷物《にもつ》を、再《ふたた》び七人《にん》の背《せ》に負《お》わせ、めいめいの両手《りょうて》

戦慄恐懼措《せんりつきょうくお》くところを知《し》らず…びっくりして途方《とほう》にくれたさま。ふるえやおそれかしこまることが一度《いちど》にやってきて、どうしてよいのかわからず。
汝《なんじ》ら…お前《まえ》たち。

を後《うし》ろ手《で》にまわして荷物《にもつ》の上《うえ》にしばり、床《ゆか》の上《うえ》の時計《とけい》や財布《さいふ》は、急《せ》わしく、二少年《しょうねん》自身《じしん》衣袋《ポケット》に入《い》れ、「サア、起《た》て！」と怪賊《かいぞく》らをけりたてた。

このとき火《ひ》はもうすぐ背後《うしろ》まで燃《も》えてきたので、もはや猶予《ゆうよ》はしておられぬ、俊一少年《しゅんいちしょうねん》はすばやく、水車《みずぐるま》の軸《じく》に結《むす》んだ七本《ほん》の細引《ほそび》きの端《はし》を解《と》き、それを手《て》ににぎって猛雄少年《たけおしょうねん》とともに、左右《さゆう》から仕込杖《しこみづえ》をふりまわし、

「ヤイ、これから麓《ふもと》の村《むら》へ連《つ》れていくのだ、ぐずぐずしていると焼《や》き殺《ころ》されるか斬《き》り殺《ころ》されるぞ、早《はや》く外《そと》へ出《で》ろ」

背後《うしろ》からは火《ひ》が燃《も》えせまり、左右《さゆう》にはギラギラ仕込杖《しこみづえ》が光《ひか》るので、七人《にん》の怪賊《かいぞく》らはもうどうすることもできず、意気地《いくじ》なくもしばられた片足《かたあし》を引《ひ》きずって、ノコノコ外《そと》に歩《あゆ》み出《で》ると、二少年《しょうねん》はまた、先刻退治《せんこくたいじ》した白色《はくしょく》の河獺《かわうそ》のことを思《おも》い出《だ》し、これをかくした場所《ばしょ》に七賊《ぞく》を引《ひ》っ張《ぱ》っていって、河獺《かわうそ》をしばり、太《ふと》い棒《ぼう》を見《み》つけてきてその中央《ちゅうおう》につりさげ、重《おも》い荷物《にもつ》を背負《せお》わせた上《うえ》に七賊《ぞく》にこれをかつがせ、牛《うし》か馬《うま》を追《お》うように、

追《お》い立《た》て追《お》い立《た》て帰路《きろ》についた。

独木橋《まるきばし》を渡《わた》り、陰気《いんき》な谷間《たにま》を出《い》でてふりかえると、かの幽霊小家《ゆうれいごや》はもう一面《いちめん》の火《ひ》となり、東《ひがし》の空《そら》はほのぼのと明《あ》けかかっていた。

二勇少年《ゆうしょうねん》が七賊《ぞく》を追《お》い立《た》て追《お》い立《た》て、けわしい山路《やまじ》を下《くだ》っていく有《あ》り様《さま》は、実《じつ》に画《え》にもかかれぬ奇観《きかん》であった、怪賊《かいぞく》らは途中《とちゅう》でしばしば逃走《とうそう》をくわだてると、たちまち仕込杖《しこみづえ》が鼻《はな》の先《さき》でピカリピカリと光《ひか》り、少《すこ》しでも不穏《ふおん》の挙動《きょどう》をしようものなら、すぐさま細引《ほそび》きを引《ひ》っ張《ば》られ、足《あし》をすくわれスッテンコロリとたおれるので、いかんとも詮方《せんかた》なくノコノコおりていくのだ。

やがて一里半《りはん》の山路《やまみち》をおりつくすと、夜《よ》はまったく明《あ》けはなたれ、うららかなる太陽《たいよう》は東天《とうてん》に現《あらわ》れた、宿屋《やどや》に帰《かえ》ってみると、サアたいへんな騒動《さわぎ》である、画家先生《がかせんせい》は苦心惨憺《くしんさんたん》の写生画《しゃせいが》を盗《ぬす》みさられ、血眼《ちまなこ》になって憤慨《ふんがい》し、堂々《どうどう》たる政治家先生《せいじかせんせい》も、洋服《ようふく》を持《も》ち去《さ》られ襯衣《シャツ》一枚《いちまい》で頭《あたま》をかき、

不穏《ふおん》の挙動《きょどう》…逃《に》げようとするなど、あやしい行動《こうどう》の気配《けはい》。
いかんとも詮方《せんかた》なく…どうかしようにもなすべき方法《ほうほう》がなく。
嘆息《たんそく》して…嘆《なげ》きため息《いき》をつくこと。

そのほか近眼先生《きんがんせんせい》が眼鏡《めがね》を持《も》ちいかれてマゴつくもあれば、文士先生《ぶんしせんせい》が折角書《せっかくか》いた旅行日記《りょこうにっき》を盗《ぬす》みとられて嘆息《たんそく》しているもあり、なかにも博士《はかせ》は金時計《きんどけい》よりも何《なに》よりも、二少年《しょうねん》の姿《すがた》が見《み》えぬので、これも悪賊《あくぞく》に連《つ》れていかれたものかと、青息赤息吹《あおいきあかいきふ》いて心配《しんぱい》しておるところへ、二勇少年《ゆうしょうねん》は悠然《ゆうぜん》として、ぬすまれた荷物《にもつ》や巨大《おおき》な河獺《かわうそ》を引《ひ》っかついだ奇怪《きかい》の七賊《ぞく》を追《お》い立《た》て追《お》い立《た》て帰《かえ》ってきたので、一同《みんな》はまたわきかえるような大《おお》さわぎ、幽霊小家探検《ゆうれいごやたんけん》の顚末《てんまつ》をきいて、おどろくもあれば、感嘆《かんたん》するもあり、両手《りょうて》をあげて快《かい》をさけぶもあれば、首《くび》をふりたてて賞讃《しょうさん》の声《こえ》を放《はな》つもあり、ありがとうありがとうを連発《れんぱつ》して、めいめい自分《じぶん》の品物《しなもの》を取《と》りもどし、一同《みんな》は寄《よ》ってたかって、万歳万歳《ばんざいばんざい》と二勇少年《ゆうしょうねん》を胴上《どうあ》げした。

日本語《にほんご》を解《かい》せぬ宿屋《やどや》のおやじは、あまりのさわぎに自分《じぶん》が殺《ころ》されるのではあるまいかと魂消《たまぎ》え、グルグルまわって三拝九拝《さんぱいきゅうはい》した。

「イヤ、おどろくにはおよばぬ」と、博士《はかせ》は簡単《かんたん》に二勇少年《ゆうしょうねん》が幽霊小家《ゆうれいごや》

青息赤息吹《あおいきあかいきふ》いて…ひどく困惑《こんわく》したさま。

魂消《たまぎ》え…びっくりして。たまげて。

三拝九拝《さんぱいきゅうはい》…何度《なんど》も何度《なんど》もお辞儀《じぎ》をすること。

を探検《たんけん》し、奇怪《きかい》の七賊《ぞく》を捕《とら》えた次第《しだい》を語《かた》ってきかせると、おやじはおどりあがってますますおどろき、

「ヒェー、そんな悪《わる》い奴《やつ》らを捕《つかま》えてくだすったのですか、ありがたいことでございます、さっそく村《むら》の若《わか》い者《もの》を集《あつ》めて引《ひ》き渡《わた》してやります」と、この辺《あた》りの習慣《しゅうかん》と見《み》え、大《おお》きな法螺《ほら》の貝《かい》をボーンボーンと吹《ふ》き立《た》てると、集《あつ》まるわ集《あつ》まるわ、四方八方《しほうはっぽう》から村《むら》の若《わか》い者《もの》が集《あつ》まってきて、おやじから怪賊《かいぞく》らの捕《とら》えられたことをきくと、

「これ盗賊《どろぼう》ども、太《ふと》い奴《やつ》だ」というので、打《ぶ》つやらけるやら、七賊《ぞく》の周囲《まわり》を黒雲《こくうん》のごとく取《と》りまいてかなたへ引《ひ》きずっていかれた、おおかた散々《さんざん》な目《め》に逢《あ》わされ、結局《しまい》には牢舎《ろうや》へ打《ぶ》ちこまれることだろう。

怪獣《かいじゅう》のごとき白色《はくしょく》の河獺《かわうそ》は、日本《にほん》へ持《も》って帰《かえ》るため、すぐに巧者《こうしゃ》な村《むら》人《びと》をやとって、見事《みごと》に皮《かわ》を剝《は》ぎ取《と》らせ、博士《はかせ》は実《じつ》に稀代《きたい》の珍物《ちんぶつ》だと舌《した》を巻《ま》き、ぜひおれにゆずってくれぬかと二少年《しょうねん》に懇願《こんがん》した、二少年《しょうねん》はむろ

稀代《きたい》の珍物《ちんぶつ》…世《よ》に稀《まれ》で、ほんとうに不思議《ふしぎ》なめずらしいもの。
山海《さんかい》の珍味《ちんみ》…山《やま》や海《うみ》でとれる珍《めずら》しい食《た》べ物《もの》。転《てん》じて、いろいろな種類《しゅるい》のご馳走《ちそう》のこと。

ん喜《よろこ》んで贈呈《ぞうてい》した。

かくて一行《いっこう》はなおさまざま面白《おもしろ》い旅行《りょこう》をなし、つつがなく日本《にほん》へ帰《かえ》ってから、およそ二十日《はつか》ほど過《す》ぎてある日《ひ》のこと、博士《はかせ》は二勇少年《ゆうしょうねん》をその住宅《すまい》に招《まね》き、旅行中《りょこうちゅう》の面白《おもしろ》かった話《はなし》をしながら、山海《さんかい》の珍味《ちんみ》をご馳走《ちそう》したうえに、稀代《きたい》の河獺《かわうそ》をゆずってもらったお礼《れい》だといって、「探検記念《たんけんきねん》」と彫刻《ちょうこく》した立派《りっぱ》な純金《じゅんきん》のメタルにそえて、精巧《せいこう》な自転車《じてんしゃ》と猟銃《りょうじゅう》とを一組《ひとくみ》ずつ二人《ふたり》にあたえた。

二人《ふたり》は大得意《だいとくい》である、大歓喜《おおよろこび》である。

そして博士《はかせ》は稀代《きたい》の河獺《かわうそ》を剝製《はくせい》にしたうえ、自分一人《じぶんひとり》のものにせず、公益《こうえき》のため博物館《はくぶつかん》に寄付《きふ》するといっておる、遠《とお》からずその珍品《ちんぴん》が現《あらわ》れたとき、博物館《はくぶつかん》の陳列棚《ちんれつだな》にはさらに一異彩《いちいさい》が加《くわ》わるだろう。

メタル…メダルに同《おな》じ。
異彩《いさい》…異《こと》なったいろどり。ここでは、他《た》と異《こと》なるたいへん貴重《きちょう》な趣《おもむき》の意《い》。

◆作品によせて

冒険《ぼうけん》に憧《あこが》れる心を持ちつづけて

松本直子
（東京都公立中学校国語科教諭）

冒険《ぼうけん》は、自分の可能性《かのうせい》を広げたい、より広い世界を知りたいという、情熱《じょうねつ》やあこがれに突《つ》き動かされて始まります。でも、現実に冒険の旅に出かけるのは、なかなか難《むずか》しいことです。準備《じゅんび》も訓練《くんれん》も大変です。そんなときに、この本を開いてください。

本を読んでいると、頭のなかにだんだん作品の世界がうかんできて、ワクワク、ドキドキしながら、作者の描《えが》いた空想《くうそう》の世界で冒険できるのです。危険《きけん》を乗《の》り越《こ》えるためにどうすればいいのか。登場人物とともに、あるときは知恵《ちえ》をしぼり、あるときははげまし、いっしょに困難《こんなん》を解決《かいけつ》していく気分になります。読み終わったあと、元気になっています。勇気《ゆうき》をもらったような気がします。冒険小説は、楽しい！　（先が気になって、ついつい夜ふかししてしまったりするのが困《こま》るのですが）。

ここに紹介《しょうかい》する四編《へん》は、五十年以上昔の作品ですが、主人公の少年たちの冒険心は、今のみなさんと変わらないと思います。性格もいろいろで、自分と似ているなあと感じる少年がいるかもしれません。自分だったら、こんな行動はとらないと思うかもしれません。自分だったらどうするか、想像《そうぞう》しながら読んでいくのも楽しみです。結末がどうなるか、推理《すいり》したり予想《よそう》したりする面白《おもしろ》さも十分味わえる作品たちなので、作者と知恵《ちえ》くらべするつもりで読んでみてください。

『恐竜艇《きょうりゅうてい》の冒険《ぼうけん》』(海野十三《うんのじゅうざ》)　ジミーとサムはとても子どもとは思えない大胆《だいたん》さですが、それだけにこの冒険の行方《ゆくえ》が気になってたまりません。「嘘《うそ》から出《で》た実《まこと》」で大変な思いもするのですが、二人で協力《きょうりょく》し、相談《そうだん》しながら危機《きき》を脱《だっ》していく様子《ようす》は、楽しく、ワクワクします。仲間《なかま》がいれば何があっても大丈夫《だいじょうぶ》！　そんな気持ちにさせてくれる作品です。

『頭蓋骨《ずがいこつ》の秘密《ひみつ》』(小酒井不木《こさかいふぼく》)　主人公の塚原俊夫《つかはらとしお》少年は、警察《けいさつ》も解《と》けない難事件《なんじけん》の数々を、柔道《じゅうどう》は強いが謎《なぞ》には弱いボディガード役の「兄《にい》さん」とともに、次々と解決していきます。まんがの『名探偵《めいたんてい》コナン』(青山剛昌《あおやまごうしょう》)は、高校生が小学生にされるという設定ですが、俊夫君は正真正銘《しょうしんしょうめい》の十二歳《さい》。いわゆる天才ですが、しっかり新聞を読んで社会情勢《じょうせい》をつかみ、新しい知識《ちしき》を取り入れ、実験《じっけん》や観察《かんさつ》をしながら推理《すいり》を組み立てていきます。俊夫君の出すヒントから、いっしょに謎解きを楽しんでください。

『トロッコ』（芥川龍之介《あくたがわりゅうのすけ》）　良平《りょうへい》は、土工《どこう》たちといっしょにトロッコを押《お》すことを許《ゆる》され、有頂天《うちょうてん》になります。でも、八歳《さい》の良平の予想《よそう》を超《こ》えた長い道のりに、だんだん不安になって、最後に自分一人で帰らなければいけないことがわかると、恐怖《きょうふ》を味わいます。予想外の冒険《ぼうけん》が始まります。一生懸命《いっしょうけんめい》走りつづける良平の、なんとしても家に帰りたいという必死な気持ちは、みなさんも経験《けいけん》がありませんか？　家族や友だちとはぐれたりして心細い思いをした経験を思い出させる作品だといわれます。

最後の大人になった良平の思いは、いろいろに読み取れます。ぜひ友だちと話し合ってみてください。読後感を語り合うのも、小説を読む楽しみなのですから。

『幽霊小家《ゆうれいごや》』（押川春浪《おしかわしゅんろう》）　ここでは、十六歳の少年猛雄《たけお》（美少年で柔道《じゅうどう》に強い）と俊一《しゅんいち》（野球とボートの選手）が主人公です。二人は、とある宿屋で幽霊小家の話を聞きます。幽霊などいないと馬鹿《ばか》にする大人たちをおいて、猛雄は一人探検《たんけん》に出かけます。えっ、一人？　ふつうは俊一を誘《さそ》うでしょう？　と思いますよね。このあたりからが、猛雄と俊一がそれぞれ描《えが》き分《わ》けられていて面白《おもしろ》く、考えさせられます。冒険は、お互《たが》いによりかかってするものではないんだな、一人で行動できる勇気《ゆうき》と思いやりが必要で、二人（仲間《なかま》が）いると知恵《ちえ》も行動もパワーアップして、困難《こんなん》を乗《の》り越《こ》えられるんだな、と納得《なっとく》する展《てん》開《かい》です。伏線《ふくせん》の張《は》り方《かた》、二重に張りめぐらされた幽霊小家《ゆうれいごや》の謎《なぞ》、次々にふりかかる危機《きき》を解決《かいけつ》する、少年たちの知恵《ちえ》と勇気《ゆうき》に感心します。

冒険《ぼうけん》小説は読書の原点だと思います。楽しく、想像力《そうぞうりょく》が刺激《しげき》され、知恵や勇気を学び、生き方を考えさせてくれます。そんな魅力《みりょく》を持つ冒険小説の系譜《けいふ》は、脈々《みゃくみゃく》とつづいています。ここで取り上げた作者たちに影響《えいきょう》をあたえたフランスの作家、ジュール・ヴェルヌの『海底《かいてい》二万《まん》リーグ（マイル）』や『二年間《ねんかん》の休暇《きゅうか》』、イギリスの作家、コナン・ドイルの「シャーロック・ホームズ」シリーズなども読んでみてください。この本に収《おさ》めた作者の他の作品、『火星兵団《かせいへいだん》』（海野十三《うんのじゅうざ》）や『月世界競争探検《げっせかいきょうそうたんけん》』（押川春浪《おしかわしゅんろう》）、また、俊夫《としお》少年が活躍《かつやく》する小酒井不木《こさかいふぼく》の「少年科学探偵《しょうねんかがくたんてい》」シリーズなども、現代に影響をあたえていると思います。

現代では、冒険はファンタジーの世界により多く見られるようです。上橋菜穂子《うえはしなほこ》の「守《も》り人《びと》」シリーズや、荻原規子《おぎわらのりこ》の『空色勾玉《そらいろまがたま》』などの歴史《れきし》ファンタジーを読むと、冒険の醍醐味《だいごみ》を味わうことができます。未知の世界が地球上にほとんどなくなった今、私たちは、太古《たいこ》の昔や異世界《いせかい》に冒険の場所を求めているのでしょうか。また、新たな冒険の世界を楽しんでください。


（まつもと なおこ／児童言語研究会 会員）

【編集付記】

編集にあたり、十代の読者にとって少しでも読みやすくなるよう、次の要領で、文字表記の統一をおこないました。ただし、できる限り原文を損なわないよう、配慮しました。

①底本は、それぞれの作品の、もっとも信頼にたると思われる個人全集、校本等にもとづき、数種の単行本、文庫本、初出雑誌等を参考に作成しました。各作品の底本については、別途一覧を設けました。

②送りがな、およびふりがなも、底本とその他の参考図書にもとづきました。これらに明示されていないふりがなは、編集部で付しました。

③旧かなづかいを、現代かなづかいにあらためました。

④漢字の旧字体は、新字体にあらためました。異体字の使用にあたっては、適宜基準をもうけました。

⑤外来語表記は、すべて底本通りにしました。

⑥「　」のなかの「。」を取るなど、一部形式的な統一をほどこしました。

なお、本文中には、今日の人権意識から見て不適切と思われる表現がふくまれていますが、原作が書かれた時代的背景・文化性とともに、著者が差別助長の意図で使用していないことなどを考慮して、原文のままとしました。

〈くもん出版編集部〉

扉イラスト＝井上莉沙（p95）・岩淵慶造（p5）小坂　茂（p41）・古屋あきさ（p79）
小林裕美子（p53・および脚注カット）

装丁＝池畠美香（オーパー）　**カバーイラスト**＝峰村友美　**本文デザイン**＝吉田　亘（スーパーシステム）

【底本一覧】

恐竜艇の冒険　海野十三…『海野十三全集13』（一九九二年・三一書房）

頭蓋骨の秘密　小酒井不木…『小酒井不木全集9』（一九三〇年・改造社）

トロッコ　芥川龍之介…『岩波文庫　蜘蛛の糸・杜子春・トロッコ　他十七篇』（一九九〇年・岩波書店）

幽霊小家　押川春浪…『少年小説大系2　押川春浪集』（一九八七年・三一書房）

読書がたのしくなる●ニッポンの文学

ようこそ、冒険の国へ！

二〇〇九年　二　月二八日　初版第一刷発行
二〇一六年　四　月　五　日　初版第四刷発行

作家——**芥川龍之介・海野十三・押川春浪・小酒井不木**
発行人——**志村直人**
発行所——**株式会社くもん出版**
〒108-8617　東京都港区高輪4-10-18
京急第1ビル　13F
電話　03-6836-0301（代表）
03-6836-0317（編集部直通）
03-6836-0305（営業部直通）
http://www.kumonshuppan.com/
印刷所——**株式会社精興社**

NDC913・くもん出版・160ページ・20㎝・2009年
ISBN978-4-7743-1402-0

CD38167

読書がたのしくなる **ニッポンの文学** シリーズ［全10巻］

恋って、どんな味がするの？

新美南吉	花を埋める
太宰　治	葉桜と魔笛
芥川龍之介	お時儀
鈴木三重吉	黒髪
伊藤左千夫	新万葉物語
宮沢賢治	シグナルとシグナレス
森　鷗外	じいさんばあさん

家族って、どんなカタチ？

菊池　寛	勝負事
牧野信一	親孝行
芥川龍之介	杜子春
太宰　治	桜桃
中戸川吉二	イボタの虫
横光利一	笑われた子
有島武郎	小さき者へ

ほんものの友情、現在進行中！

新美南吉	正坊とクロ
国木田独歩	画の悲しみ
宮沢賢治	なめとこ山の熊
太宰　治	走れメロス
菊池　寛	ゼラール中尉
堀　辰雄	馬車を待つ間

ようこそ、冒険の国へ！

海野十三	恐竜艇の冒険
小酒井不木	頭蓋骨の秘密
芥川龍之介	トロッコ
押川春浪	幽霊小家

不思議がいっぱいあふれだす！

夢野久作	卵
小山内薫	梨の実
豊島与志雄	天狗笑い
小泉八雲	耳なし芳一
久米正雄	握飯になる話
夏目漱石	夢十夜 第一夜 第六夜 第九夜
芥川龍之介	魔術
太宰　治	魚服記

ひとしずくの涙、ほろり。

林芙美子	美しい犬
宮沢賢治	よだかの星
新美南吉	巨男の話
鈴木三重吉	ざんげ
寺田寅彦	団栗
芥川龍之介	おぎん
太宰　治	黄金風景
横光利一	春は馬車に乗って

とっておきの笑いあり〼《ます》！

豊島与志雄	泥坊
芥川龍之介	鼻
巌谷小波	三角と四角
宮沢賢治	注文の多い料理店
岡本一平	女房の湯治
森　鷗外	牛鍋
太宰　治	畜犬談
菊池　寛	身投げ救助業

まごころ、お届けいたします。

豊島与志雄	キンショキショキ
竹久夢二	日輪草
宮沢賢治	虔十公園林
岡本綺堂	利根の渡
岡本かの子	家霊
中島　敦	名人伝
森　鷗外	最後の一句

生きるって、カッコワルイこと？

芥川龍之介	蜜柑
有島武郎	一房の葡萄
宮沢賢治	猫の事務所
新美南吉	牛をつないだ椿の木
菊池　寛	形
横光利一	蠅
梶井基次郎	檸檬
森　鷗外	高瀬舟

いま、戦争と平和を考えてみる。

宮沢賢治	鳥の北斗七星
太宰　治	十二月八日
峠　三吉	原爆詩集
原　民喜	夏の花
永井　隆	この子を残して
林芙美子	旅情の海